Avertiſſement du Libraire.

CE Livre ſur la vie & la mort de M. le Cardinal le Camus publié pour l'édification de bien des perſonnes, ſurtout du Diocèſe de Grenoble, où les vertus de ce grand Prélat ont principalement éclaté, a été reçû au prémier coup d'œil avec tant d'empreſſement, que comme on en avoit imprimé que fort peu d'Exemplaires, ne comptant pas qu'ils ſortiſſent de ce Diocèſe, ils ont été enlevés d'abord qu'ils ont paru. Mais ce qui prouve encore plus combien cet Ouvrage a agréé, ſont les Lettres obligeantes que l'Editeur a reçû

*

à cette occasion, d'un grand nombre de Personnes distinguées par leur rang & par leur mérite. On pourra en juger par quelques-unes qu'il a crû pouvoir se permettre de placer à la tête de cette Edition, pour servir de nouvelles approbations.

DISCOURS

SUR LA VIE ET LA MORT

DE M. LE CARDINAL

LE CAMUS,

EVÊQUE ET PRINCE DE GRENOBLE,

Accompagné d'une Epître à ses Diocé-
sains, qui renferme l'Etat des Fondations & Legs qu'il a fait dans son Diocèse, & un extrait de plusieurs de ses
Lettres ; avec des Notes critiques &
historiques.

A LAUSANE,

Chez MARC-MICH. BOUSQUET &
Compagnie.

M. DCC. XLVIII.

AVEC APPROBATION.

DISCOURS
SUR LA VIE ET LA MORT
DE M. LE CARDINAL
LE CAMUS,
EVÉQUE ET PRINCE DE GRENOBLE,

Accompagné d'une Epitre à ſes Diocéſains, qui renferme l'Etat des Fondations & Legs qu'il a fait dans ſon Diocèſe, & un extrait de pluſieurs de ſes
Lettres ; avec des Notes critiques &
hiſtoriques.

NOUVELLE EDITION.

A LAUSANE,

Chez MARC-MICHEL BOUSQUET &
Compagnie.

M. DCC. L.
AVEC APPROBATIONS.

COPIE

*De plusieurs Lettres écrites à M.
Gras du Villard Chanoine
de St. André de Grenoble.*

Du 4. Mars 1748.

JE ne sçaurois, MONSIEUR,
laisser sans remerciment la bonté que vous avez eû de me faire
part de l'Ouvrage que vous avez
donné au public sur la vie & la
mort de M. le Cardinal le Camus. Je l'ai lû avec d'autant plus
de plaisir, que la mémoire de ce
Prélat m'a toujours été précieuse.
On doit vous sçavoir gré d'avoir
parfaitement édifié les bons Ca-
tholiques sur la pureté de sa Foi,
dont je n'ai jamais douté, quelques discours qu'on aye voulu tenir sur son compte. Soyez persua-

dé, Monsieur, de ma véritable estime, étant très-véritablement à vous,

LE CARDINAL DE ROHAN.

AUTRE.
Du 2. Mars 1748.

IL y a déja quelque tems, MONSIEUR, que j'ai reçû l'ouvrage que vous m'aviez annoncé, & je vous en fais mon remerciment. Je n'ai differé de vous en écrire que parce que j'avois souhaité de l'avoir lû auparavant ; mais je crains à présent que je fusse trop long-tems de remplir ce devoir à votre égard, me trouvant accablé de diverses occupations, & étant d'ailleurs un peu incommodé depuis quelques jours. J'ai lû l'Epître que vous avez adressée aux Diocéſains de Grenoble, & ai preſque achevé le Diſcours. Je ſuis très-ſatisfait de cette lecture. Vous rendez juſtice à la mémoire d'un Prélat pour lequel j'ai toûjours eû un très-reſpectueux attachement. Il me ſemble qu'il y a une faute d'impreſſion pag. 41. de l'Epitre où vous dites que M. le Camus fut fait Cardinal le 2. Septembre 1678. je crois qu'il faut 1688. On ne peut qu'aplaudir M. à l'uſage que vous faites de votre tems. Je voudrois bien trouver des occaſions de vous donner des preuves de mon eſtime & de l'attachement très-ſincère avec lequel je ſuis ; Monſieur , votre très-humble & très-obéiſſant ſerviteur,

† JEAN Archevêque
de Vienne.

AUTRE.

Du 6. Mai 1748.

JE vous remercie, MONSIEUR, de l'Imprimé que vous avez eû la bonté de m'envoyer. Je suis charmé qu'on réhabilite la réputation d'un aussi saint & aussi grand Cardinal que l'étoit M. le Camus. Les ennemis de l'Eglise ont voulu se l'aproprier, & ils ont fait tous leurs efforts pour persuader qu'il étoit Janseniste. Plusieurs traits qui nous étoient inconnus & que vous avez rendu publics doivent désabuser & réjoüir en même tems les vrais Fidéles qui se seroient laissés prendre à ces faux bruits. Ce qui doit faire un grand plaisir, c'est la liste que vous donnez des sommes considerables qu'il a répanduës de son vivant pour des Hôpitaux ou pour d'autres utiles établissemens. Cela fait bien voir encore la fausseté de ce que l'on dit à sa mort qu'il laissoit douze cent mille livres, & qu'il n'avoit été qu'un avare pendant sa vie. Je vous renouvelle mes remercimens, & vous prie d'être persuadé que je suis avec la plus sincére & la plus parfaite estime, Monsieur, votre très-humble & très-obéissant serviteur,

† L'ancien Evêque
de Mirepoix.

AUTRE.

Du 16. Mars 1748.

MONSIEUR,

Je vous prie de recevoir mes très sincérès remercimens pour l'attention que vous avez eû de me procurer l'Ouvrage qui vous doit le jour, & qui regarde un Prélat pour qui j'ai toujours eû une particuliere vénération. Le discours à sa loüange que vous donnez au public, est accompagné d'une lettre qui décore merveilleusement le sujet, & le décharge invinciblement des soupçons odieux que quelques témeraires avoient fait naître sur l'Ortodoxité de sa Foi. C'est, Monsieur, ce que j'ai lû avec beaucoup de plaisir. Je souhaiterois bien avoir occasion de vous marquer ma parfaite reconnoissance, de même que l'estime & la consideration respectueuses avec lesquelles je suis,

MONSIEUR,

Votre très-humble & très-obéissant serviteur GALLAND Abbé Général de St. Antoine.

AUTRE.

Du 27. Fevrier 1748.

MONSIEUR,

Je reſſens tout l'honneur & toute la grace que vous avez bien voulu me faire en me communiquant l'Ouvrage poſthume que vous venez de donner au public. Quoique la mémoire de M. le Cardinal le Camus ne ſoit point effacée, nonobſtant l'intervalle de plus de quarante ans écoulés depuis ſa mort, ceux qui n'ont pas eû le bonheur de connoitre ce grand Prélat, vous auront l'obligation de leur avoir tranſmis, & à toute la poſtérité, la connoiſſance de ſes vertus. Comme il eſt peu de perſonnes qui ne ſçachent les peines qu'a un Editeur de mettre un ouvrage imparfait en état de mériter l'aprobation publique, on pourra avec justice vous regarder en même tems comme l'*Auteur* & l'*Editeur* de celui-ci, dont je serai charmé de vous voir attribuer toute la gloire, à cause de la part singuliére que je prends à tout ce qui vous intéresse. C'est avec ces sentimens & ceux de la plus respectueuse vénération, que j'ai l'honneur d'être,

MONSIEUR;

Votre très-humble & très-obéissant serviteur,

Fr. MICHEL DE L'ARNAGE, Général des Chartreux.

A U X
DIOCESAINS
DE L'ÉVÊCHÉ
DE GRENOBLE.

ESSIEURS,

LE Difcours que j'ay l'honneur de mettre fous vos yeux,
m'a été communiqué parmi
quelques Memoires pour in-

ferer dans un Ouvrage (*a*) auquel je travaille, & où je dois
parler des principaux Perfonna-
ges qui ont occupé les premiéres Places du gouvernement
Eccléfiaftique & Politique de
Dauphiné ; mais ne pouvant
l'y faire entrer fans déranger le
plan de mon projet, j'ay crû
devoir le donner féparément,
non comme un préfent, mais
comme une reftitution envers
un Diocèfe qui eft en droit de
reclamer tout ce qui peut lui
retracer les actions d'un de fes
Prélats, dont la mémoire lui

(a) *Cet Ouvrage ne feroit plus à paroitre fi
on avoit produit les inftructions convenables, pour
l'Etat de la Nobleffe qui en formera la dernière Partie ; mais d'environ fept cens Familles que renferme cette Province, il n'y en a encore que trois cens
foixante & quelques unes qui m'ayent fait l'honneur de me communiquer les pièces rélatives au
Mémoire que j'ay publié à ce fujet.*

fera éternellement précieuse.

Je suis néanmoins persuadé
que quelque grand que puisse
être son succès, il ne laissera pas
de trouver des Censeurs qui,
d'abord qu'ils appercevront son
vrai titre au travers du voile
qui le déguise, diront : quoi !
l'Oraison funèbre de M. le Cardinal le Camus mort depuis
quarante ans ! Mais en verité,
seroit-ce là de quoi rabaisser le
prix d'une piéce qui nous offre,
avec toutes les beautés de l'éloquence, un des plus parfaits
modéles qui puisse nous être
présenté ? Il est vrai que l'on
prononce ordinairement les
Oraisons funèbres quarante
jours après le décès de leur Héros, sur un usage autorisé par

l'Ecriture ; dans laquelle nous
voyons que ce nombre de jours
étoit le terme de la durée du
deüil des Ifraëlites, où l'on faifoit le panégyrique des grands
Hommes de la Nation : ce que
l'on n'a point fait de nôtre Cardinal, pour ne pas contrevenir
à fa défenfe : mais comme ces
fortes de difcours font faits, autant pour être lûs que pour être
entendus ; en quel tems, qu'ils
paroiffent, ils nous inftruifent
toûjours des vertus, du caractère, des actions & des plus
beaux traits de la vie de ceux
dont nous y lifons l'éloge.

En effet ; ne lit-on pas, avec
autant d'empreffement que de
plaifir, la vie des Hommes
illuftres que l'on publie fou-

vent non seulement des années, mais des siécles même
après leur mort? Et quelle diffe-
rence y a-t'il entre une Oraison
funèbre & l'histoire de la vie
d'un grand homme? si ce n'est
que dans l'histoire, malgré la
noblesse des expressions, & la
justesse des pensées que l'on y
peut trouver, on remarque toûjours une certaine uniformité
dans son stile, dont l'Auteur ne
doit, à la verité, jamais s'écar-
ter; au lieu que l'Oraison funèbre étant faite pour être pronon-
cée à la pompe lugubre d'un
Héros chrêtien, en préfence ordinairement de ce que le siécle
a de plus majeftueux, & la religion de plus augufte; tout y
doit être plein d'élévation: le

grand & l'héroïque doivent y frapper par tout. C'eſt ce que l'on eſpére qu'on trouvera dans celle de M. le Cardinal le Ca-mus ; ſoit qu'on l'examine en général, ou qu'on la conſidére dans ces differentes parties.

Son texte nous fait l'éloge en racourci de ce grand Pré-lat, par des paroles de l'Apô-tre adreſſées à un Evêque ſur ce qu'il doit faire, qui nous ap-prénent en peu de mots ce que le nôtre a fait.

Dans l'exorde, l'Orateur tient l'eſprit de l'Auditeur dans une ſuſpenſion noble, d'où il le tire peu à peu, en le condui-ſant inſenſiblement à une divi-ſion pleine de juſteſſe qui diſ-tribue avec ordre les deux par-

ties qui la composent, ausquel-
les elle répond parfaitement.

Enfin on verra dans tout ce
Discours sous un mélange de
politesse, de religion & de tris-
tesse ; dans un stile brillant,
riche & élevé, que M. le Ca-
mus né à Paris le 29ᵉ. Novem- Sa naif-
bre 1632. a été un des plus di- sance.
gnes Prélats de son siécle : il est
vrai qu'il avoit trouvé dans le
sein de sa Famille tout ce qui
pouvoit l'aider à dévenir un
jour un grand homme.

Ses Parens ayant d'abord re-
marqué en lui des heureuses
inclinations, n'oublierent rien
pour les seconder. Ils entrerent
soigneusement dans les plus pe-
tits détails de son éducation, &
le suivirent comme pas à pas

a iiij

dans ſes études juſques en Sor-
bonne, où après s'être diſtin-
gué avec éclat, il reçût le bon-
net de Docteur le 4ᵉ. Avril
1650.

Docteur de Sor-bonne.

Il paſſa enſuite à la Cour,
& fut pluſieurs années Aumônier du Roy, pendant lequel
tems, ſa vie eut quelques nua-
ges. Il a cependant dit depuis,
qu'on avoit plus dit du mal de
lui qu'il n'en avoit fait, quoiqu'il en eût toûjours trop fait,
comme, ajoûtoit-il, on en di-
ſoit plus de bien qu'il n'en faiſoit, ce qui étoit une eſpéce de
compenſation.

Il changea bientôt de conduite : des retours ſerieux ſur
lui-même lui ouvrirent les
yeux, & le déterminérent en

même tems à exécuter le def-
fein d'abandonner tout ce qu'il
pouvoit attendre du Monarque, dont il étoit le favori,
pour fe retirer & paffer le refte
de fes jours à la Trappe qui venoit d'être reformée par l'Abbé
de Rancé : mais le Seigneur qui
le deftinoit pour être une des
grandes lumiéres de fon Eglife,
infpira à ce pieux Abbé de le
détourner de ce projet.

Il fe re-
tire à la
Trappe.

En effet, après avoir conten-
té quelque tems fes défirs en
fuivant les exercices de cette S^te.
Communauté, où il fe regardoit comme le dernier de tous
les Religieux, il retourna à Paris, pour ne pas s'oppofer à l'ordre de Dieu, qu'il croyoit lui

Son re-
tour à Pa-
ris.

être manifesté par la bouche de l'Abbé de Rancé ; mais pour ne rien perdre de sa pénitence, il se fit bâtir une maison, à l'extremité de cette Capitale, dans le clos de l'institution de l'Oratoire, où il comptoit de faire sa demeure jusqu'à celle de l'éternité. C'est là, qu'appliqué plus que jamais à l'étude de la science des livres saints, il fit des collections immenses sur l'Ecriture, sur les Pères & sur les Conciles.

Le Roy qui avoit appris sa retraite avec un pieux étonnement, l'en tira en le nommant le 6e. Janvier 1671. à l'Evêché de Grenoble, qu'il l'obligea d'accepter ; ce qui lui fit dire

Nommé à l'Evêché de Grenoble.

plusieurs fois, que Dieu qui
n'avoit pas permis qu'il parvint
à l'Episcopat dans le tems qu'il
le briguoit, l'avoit comme for-
cé d'y entrer lorsqu'il en recon-
noissoit & redoutoit les obligations.

Il se prépara à son sacre qui *Sacré Evêque.*
se fit dans l'Eglise des Chartreux
de Paris le 24e. Août de la même année, & il partit peu de
tems après pour son Evêché,
dont il prit possession le 4e. No- *Arrivée dans son Diocèse.*
vembre jour de Saint Charles
Borromée, qu'il se proposa de
prendre pour modéle.

Au premier coup d'œil, il
fut si effrayé de trouver dans
son Diocèse tant d'ignorance
des devoirs de la Religion, &
une si scandaleuse corruption

de mœurs, (*a*) qu'il se re-
pentit de s'être chargé d'un si
pesant fardeau ; mais se voyant
attaché à un joug qu'il ne pouvoit plus secoüer, il se mit en
devoir d'appaiser la colére de
Dieu par de si grandes austérités, que le Confesseur qu'il
avoit à Paris avant qu'il fût
Evêque , ayant appris qu'elles
faisoient tout craindre pour ses
jours , crut devoir lui écrire
pour l'exhorter à en moderer
les rigueurs. A quòi M. le Camus n'ayant point répondu ,
il lui en témoigna sa sensibilité
par une seconde lettre qui com-

Etat pol.
du Dau-
ph. t. 2.

(*a*) Ce désordre avoit commencé à s'introduire sur la fin du Pontificat de son Prédecesseur,
Prélat d'un vrai merite , mais que sa grande
vieillesse avoit comme anéanti longtems avant
sa mort , & s'augmenta pendant la vacance du
Siége qui dura près de cinq ans.

mence ainſi : " Monſeigneur,
vous me croyez ſans doute „
mort, puiſque vous ne fai- „
tes point de réponſe à la „
lettre que j'ay eu l'honneur „
de vous écrire il y a quelque „
tems. „

Le Prélat la lui fit alors en
ces termes. " Je ne vous ay „   Lettre à
point crû mort, mon Révé- „   ſon Con-
rend Père, & me ſuis ſoi- „   feſſeur.
gneuſement informé de vos „
nouvelles ; mais je ne vous „
faiſois point de réponſe, par- „
ce que je n'oſois vous refuſer „
nettement ce que vous me „
demandiez, & je n'avois „
pas deſſein de vous l'accor- „
der. J'ay prié Dieu pour vous, „
& ay adoré Jeſus-Chriſt dans „
le Jardin des oliviers pendant „

„ la femaine Sainte, & l'ay
„ prié qu'il vous guerit de fes
„ craintes par le merite des
„ fiennes. Le recit qu'on vous
„ a fait de moy vous fait crain-
„ dre pour ma perfonne; c'eft
„ à moy à craindre la mort,
„ & à demander le tems à
„ Dieu de faire pénitence.
„ L'employ où la Providence
„ m'a mis m'en donne afsès
„ des moyens, fi j'en fçavois
„ faire ufage; mais je fuis fi
„ plein d'orgüeil, que je gâte
„ l'ouvrage de Dieu. La diffi-
„ culté où je me trouve de me
„ recüeillir dans la pieté, &
„ de mortifier mes regards,
„ mes paroles, & mon ame,
„ m'oblige de faire quelques
„ mortifications corporelles,

& je frappe fur la bête pour „
épargner le coupable. L'Egli- „
fe n'ordonne pas ces chofes, „
mais elle les aime, elle les „
confeille ; & quand Dieu „
y donne l'attrait, & que les „
forces augmentent, en ces „
rencontres, cela dévient un „
précepte. Bien des raifons de „
ma part, & de celle de mes „
Diocefains m'obligent à ho- „
norer la pénitence ; fi je n'é- „
tois pas capable de la fuppor- „
ter, vos priéres fuppléeroient „
à mon immortification. Je „
n'ai jamais lû la vie d'un „
Saint qui n'ait été pleine „
d'aufterités corporelles, & je „
n'ay jamais lû qu'un Saint fe „
foit mêlé de donner des avis „
pour les modérer. Ne vous „

„ laiſſez donc plus entrainer à
„ ces diſcours populaires &
„ charnels. Blamez-moi de ma
„ lâcheté & de ma tiedeur.
„ Ayez de la joye de ce que je
„ travaille à réparer les fautes
„ que vous avez faites, en trai-
„ tant un auſſi grand pécheur
„ que moi, avec tant de dou-
„ ceur & de condeſcendance.
„ Enfin ſoyez bien convaincu
„ que je ſuis un lâche & un
„ infidèle. On eſt loüé & eſti-
„ mé dans le monde quand on
„ fait la moitié de ſon devoir;
„ mais Dieu nous condamne
„ pour l'autre à laquelle nous
„ manquons. J'y penſois l'au-
„ tre jour ſérieuſement, & je
„ tremblois, que s'il falloit ren-
„ dre compte préſentement,
„ je

je n'aurois à montrer que des „
misères. *Ego vir videns pauper-* „
tatem meam. Ayez-en pitié, „
& me donnez de vôtre abon- „
dance. „

Ce Prélat âgé de soixante &
quinze ans, dont il en avoit
passé trente-six dans l'Episcopat, mourut le 12. Septembre
1707. à une heure après mi-
nuit. Son corps fut inhumé
dans sa Cathédrale après avoir
reçû les honneurs funébres de
tous les Ordres Ecclésiastiques,
& de tout ce qu'il y avoit de
plus grand dans la Province.
On verra, par l'état de ses don-
nations, que sa vigilance envers ses Diocesains, ne s'est
pas bornée aux seuls secours
spirituels.

b

'*Etat des Dons & Fondations que*
« *M. le Cardinal le Camus a*
« *fait dans son Diocèse.*

UNe des principales atten-
tions de M. le Camus
quand il eut pris possession de
son Evéché, fut d'y établir un
Séminaire, pour former des Ec-
cléfiastiques capables de gou-
verner les Paroisses, & exer-
cer dignement les autres minis-
tères de l'Eglise : il donna pour
l'emplacement de cet Edifice
si nécessaire au bien de son Diocèse, *vingt mille livres.*

Dans la suite il y fonda cinq
places, pour lesquelles il donna autres *vingt mille livres.*

Par acte du 24ᵉ. Décembre
1680. il donna *vingt-cinq mille*

livres à l'Hôpital général de Grenoble., & pour cela il vendit ſes tapiſſeries & ſa vaiſſelle d'argent.

Par autre acte., il donna audit Hôpital *ſoixante mille livres.*, pour employer à perpétuité le revenu de cette ſomme en pain, pour les pauvres honteux de la dite Ville.

Plus., *ſix mille livres* , pour faire dans l'Egliſe du Séminaire des inſtructions familiéres au Peuple., tous les mercredis & vendredis de l'Avent & du Carême, & tous les Dimanches de l'année, excepté les deux mois de féries.

Plus, *vingt-deux mille livres*, pour élever des pauvres enfans de la Campagne, dans le petit

b 2

Séminaire que ce Prélat a établi
à Saint Martin de Miseré. (a)

Plus, à l'Hôpital général,
vingt-cinq mille livres, pour ma-
rier quatre pauvres filles tous les
ans, en leur donnant cent cinquante livres à chacune, &
pour faire apprendre des mê-
tiers à quatre pauvres garçons,
sur le même pié.

Plus, *vingt-quatre mille livres,*
pour une Mission perpétuelle
dans son Diocèse, pendant neuf

(a) Abbaye à une lieüe de Grenoble, unie à
perpétuité à l'Evêché. Elle fut fondée par Saint
Hugues en faveur de trois Ecclésiastiques qui
l'avoient prié de leur accorder un endroit, où
ils pussent vivre en Chanoines reguliers de l'Ordre de Saint Augustin, le Saint leur en ayant
lui-même donné l'habit ; les logea dans ce lieu
là, * en se reservant de pouvoir s'y retirer tous
les ans, avec six personnes, depuis la Fête de
Saint Pierre & Saint Paul, jusques à celle de
l'Assomption de la Sainte Vierge.... *Retinui
stationem meam, cum Sociis sex, à festivitate
Apostolorum Petri & Pauli, usque ad Assumptio-
nem Beata Maria. Cart. Epis.*

* *Eccl. B.*
Martini
qua est in
Paroch. S.
Himerii.

mois de l'année en huit paroisses ; où il ne pourra jamais y avoir moins de quatre Prêtres Missionnaires.

Plus, *dix mille livres*, pour l'achat d'une maison pour l'Hôpital de la Providence, après avoir obtenu des Lettres patentes, pour son établissement.

Plus, à la maison des Orphelines de Grenoble, *douze cens liv.* pour une place à perpétuité, pour une pauvre fille, à sa nomination & de ses Successeurs.

Plus, à six pauvres Couvents de Religieux de Grenoble, dans un tems de disete, *dix-huit cens livres*, à sçavoir trois cens livres à chacun.

Plus, au Chapitre de Nôtre-Dame, *soixante mille livres*, pour réparer l'Eglise.

Plus, au même Chapitre, *six mille livres*, pour en employer le revenu à la diftribution des feuls Prêtres & Diacres habitués qui affifteront à la Meffe capitulaire.

Plus, au Chapitre Saint André de Grenoble, *trois mille livres*, pour employer le revenu de cette fomme en faveur des Chapelains de cette Eglife.

Par Acte du 15ᵉ. Juin 1700. *vingt-deux mille livres*, pour la fondation de fept lits pour deux Eccléfiaftiques & cinq autres pauvres malades de Grenoble, ou de la terre d'Herbeys dépendante de l'Evêché, à fa nomination & celle de fes Succeffeurs, dans l'Hôpital des Réligieux de la Charité de ladite Ville.

Plus, *quinze mille livres*, à

l'Hôpital de la Providence.

Plus., par Acte du 19e. Novembre 1704. *vingt quatremille livres*, pour la fondation de quatre Prêtres qui aideront à faire le service de la Paroisse de Saint Loüis.

.. Plus., par Acte du 19e. Décembre de la même année, *huit mille livres*, pour employer le revenu en aumônes aux pauvres des Paroisses, où on fera la mission, sur le pié de cinquante livres tous les ans à chacune.

Legs faits par son Testament.

IL a donné par son testament fait un an avant son décès, *vingt mille livres*, au Chapitre de sa Cathédrale pour employer le revenu de cette somme à la dis-

tribution des Matines pour les
Chanoines & Habitués.

Plus, *deux cens livres*, au même Chapitre, pour un annuel
pour le repos de son ame.

Plus, au même (outre la riche Chapelle) deux chapes &
deux chasubles précieuses dont
il se servoit quand il officioit
pontificalement. Il leur avoit
aussi donné le magnifique dais
que la Ville de Grenoble fit faire
en 1701. pour la reception des
Enfans de France qui en firent
présent à ce Prélat.

Plus, *six mille livres*, pour
l'établissement d'une Maison
sous le titre de Séminaire de
Saint François de Sales, pour
les Prêtres invalides du Diocése de Grenoble.

Plus,

Plus, à l'Hôpital des Religieux de la Charité de ladite Ville, *mille livres.*

Plus, à l'Hôpital général, *deux cens livres,* pour un annuel pour le repos de son ame.

Plus, aux pauvres de la Ville de Chambery, *mille livres.*

Plus, au Couvent des Capucins, & à celui des Religieuses reformées de Sainte Claire de ladite Ville, à chacun, *trois cens livres.*

Plus, aux pauvres de Grenoble, *quatre cens livres.*

Plus, aux Pères Minimes de ladite Ville, *trois cens livres.*

Plus aux mêmes Religieux, *deux cens livres,* pour un annuel pour le repos de son ame.

Plus, à son Seminaire *deux*

C

cens livres auſſi pour un annuel.

Plus aux pauvres de la terre d'Herbeys, *cent livres.*

Plus, à ceux de la Paroiſſe de Saint Hilaire, *cent livres.*

Plus, à ceux de la terre de Venon, *cinquante livres.*

Plus, aux pauvres des lieux où l'Evêché perçoit le dixme, le dixiéme de ce qui lui ſeroit dû le jour de ſon décès.

Par le même teſtament il a donné à ſon Seminaire, ſa belle chaſuble glacée d'or & d'argent qu'il portoit à Rome.

Plus au même, ſa bibliothéque eſtimée *vingt-cinq mille livres.*

A la grande Chartreuſe, ſa croix de rubis pour mettre à l'oſtenſoir du Saint Sacrement.

A son Official & grand Vicaire, une turquoise qu'il portoit toûjours, le portrait de St. Charles gravé deſſus en relief.

Outre ces legs, ce Prélat a donné *trente mille livres* de gratification entre tous ceux de ſa maiſon, proportionnément à leur rang & à leurs ſervices, & en a employé plus *de trois cens mille* pour bâtir ou réparer le Palais Epiſcopal, les Châteaux, Celliers, Moulins & autres dépendances de l'Evêchĕ, ou pour y réunir les maiſons & héritages qui en avoient été alienés, & par les acquiſitions qu'il a fait, il en a porté le revenu à plus de *vingt-cinq mille livres*, qui n'alloit pas à quinze lorſqu'il y entra.

Je ne dois pas omettre de
faire mention des Ouvrages
qu'il a composé. Indépendam-
ment des Mandemens & Let-
tres pastorales qu'il a fait pendant trente-six années d'Episcopat, qui retraceront long-tems
à ses Successeurs l'obligation
d'exciter la foy des peuples,
nous avons de lui des Ordonnances synodales qui ont mé-
rité l'éloge des plus grands
Evêques de nôtre siécle, & que
plusieurs ont fait gloire d'adop-
ter dans leur Diocèse. Nous lui
devons aussi une dissertation
imprimée à Grenoble pour soûtenir la virginité de la Mére
de Dieu, contre un Auteur qui
avoit osé la nier, & un abregé
historique des actions les plus

remarquables des Evêques ses prédécesseurs. Ce ne seroit pas les seules productions de son esprit qui nous resteroient, si sa modestie & son humilité ne l'avoient porté à nous priver de beaucoup d'autres qu'on sçait qu'il a fait.

M. de Fénelon nous a conservé dans une Instruction pastorale (*a*) sur l'infaillibilité de l'Eglise, les extraits de deux lettres de nôtre Prélat, qui meritent d'être rapportés. Ce grand Archevêque dit, que comme ils sont imprimés & entre les mains de tout le monde, il ne craint point de s'en servir pour

(*a*) Instruction Pastorale contenant les preuves de la tradition sur l'infaillibilité de l'Eglise touchant les textes ortodoxes ou hérétiques. A Valenciennes 1705.

soûtenir la cause de l'Eglise,
ajoûtant que M. le Cardinal le
Camus bien loin de s'en faire
de la peine, sera bien aise que
l'autorité de son nom soit em-
ployée à une si pieuse fin. Les
lettres dont ils sont tirés ont
été écrites l'une au Général *(a)*
des Chartreux, & l'autre à
l'Abbé *(b)* de la Trappe ses
intimes amis. La première est
du 17e. Mars 1697. en ces termes.

Dict. de Mor. *(a)* Innocent le Masson mort le 8 May 1703. on trouva après son décès la minutte d'une let- tre qu'il avoit écrit au Père de la Chaise, par laquelle il lui demandoit de lui procurer le pou- voir de punir ceux de son Ordre qui seroient soupçonnés de Jansenisme. *Mem. d. T.*

Ibid. *(b)* Armand-Jean le Bouthelier de Rancé *Vie de 'Abbé de la Trappe par Mrs. & le Nain* mort le 26. Octobre 1700. c'est à l'occasion de cet Abbé que le P. Quênel en désavoüant une lettre qu'on lui attribuoit, s'exprime ainsi. *Je puis bien ne pas convenir de leurs sentimens, ni approuver toutes leurs démarches, mais je ne me dois jamais dispenser de les traiter avec respect.*

Je n'ay jamais pû me con- „
tenter du filence refpectueux „
dans les affaires où l'Eglife „
a droit d'exiger de fes fujets „
une foufcription à fes juge- „
mens, fur tout quand il s'a- „
git des livres & des Auteurs „
fur lefquels eft fondée la „
condamnation d'une héré- „
fie. Le mot de M. de Marca „
(*a*) *pertinet ad partem dogma-* „
tis, eft très-jufte : *& l'Eglife* „
a toûjours crû avoir droit de ju- „
ger des livres, & d'exiger la „
condamnation quand elle les a „
condamnés. Cela s'eft fait dans „
les affaires des Origeniftes, & „

(*a*) Pierre de Marca mort en 1662. nommé
à l'Archevêché de Paris, ce Prélat outre fon
livre *de concordia Sacerd. & Imperii*, étant Arche-   *Bibl. hift.*
vêque de Touloufe, fit une relation de ce qui   *de France.*
s'étoit paffé depuis 1633. dans les Affemblées
des Evêques au fujet des cinq Propofitions.

„ des trois Chapitres, & bien que
„ des Eglises en fissent difficulté,
„ néanmoins l'Eglise & les Papes
„ ont toûjours tenu ferme, jusques
„ à ce que toutes les Eglises parti-
„ culiéres fussent soûmises ; à plus
„ forte raison quand ce ne sont que
„ des particuliers qui refusent de
„ s'y soûmettre, l'Eglise a interêt
„ de punir les fauteurs d'hérésie ;
„ & dans le tems que les Eglises
„ subsistent, elle a lieu de croire
„ que ceux qui refusent de souscri-
„ re à la condamnation des livres
„ & des Auteurs, sont infectés
„ dans le cœur de l'hérésie qu'ils
„ semblent condamner extérieure-
„ ment. (a) Il y a un jugement

(a) Ce qui est dans cet extrait en caractère
italique, n'est pas rapporté dans l'Ouvrage de M.
de Cambray, mais il se trouve dans une copie fidéle de l'Original que j'ay entre les mains.

qui doit condamner les con- „
troverses ; après quoi l'Eglise „
a toûjours traité de rebelles „
ceux qui ont refusé de lui „
obéir. On sçait bien qu'il n'y „
a que les choses de Dieu qui „
soient matiére de foy ; mais „
tout ce qui a connexité & re- „
lation avec la foy, est soûmis „
au jugement de l'Eglise, que „
nous devons préferer au nô- „
tre. Ç'a toûjours été mon sen- „
timent, „ & j'en ay convaincu
M. de S^te. Beuve il y a 28. ans.
Quiconque sçait l'histoire de
l'Eglise, n'ignore pas qu'elle a
toûjours tenu cette conduite.
Dans l'autre lettre nôtre
Cardinal parle ainsi.
.... Sans entrer dans la ques- „
tion si un fait peut faire un „

„ article de foy, on suppose que
„ l'Eglise a droit d'examiner,
„ & de juger de la doctrine des
„ personnes, & de celle qui est
„ contenuë dans les livres. Ses
„ décisions doivent passer pour
„ une Loy parmi les Chrêtiens:
„ & ceux qui ne se soûmettent
„ pas sont censés fauteurs d'hé-
„ rétiques, qui sous l'ombre
„ de défendre un fait, ont en
„ vûë de soûtenir la Doctrine
„ condamnée. L'Eglise a toû-
„ jours usé de la sorte dans tous
„ les jugemens Ecclésiastiques,
„ & quand les Prélats vou-
„ dront tenir une autre con-
„ duite, ils affoibliront beau-
„ coup l'autorité de l'Eglise.

Ce Prélat ayant sçû l'emploi
que M. de Cambray avoit fait
de ses lettres, l'en remercia, &

lui envoya ses censures sur deux
Ouvrages l'un du Père Gerbe-
ron (*a*) & l'autre de Madame
Guyon, (*b*) en lui marquant
qu'il n'oublieroit jamais rien
pour empécher qu'aucune hérésie n'entrât, ou du moins ne
germât dans son Diocèse; vou-
lant, disoit-il, tacher d'imiter
en cela son Prédécesseur qui,
par ses soins, en avoit défendu
l'entrée au Jansenisme; en effet
M. Scarron (*c*) craignant que

(*a*) Miroir de la piété chrétienne censuré par
plusieurs Evêques, & condamné par Innocent
XI. comme renfermant les plus pures maximes
du Jansenisme. *Proc. offic. caus. Eccl. Melch.*

(*b*) Moyen court pour faire l'oraison. M. : *Rel. sur*
Bossuet a fait voir que ce livre est une expli- *le Quiet.*
cation expresse de la guide de Molinos.

(*c*) (Pierre) mort en 1667. avoit été *Dict. de*
Conseiller au Parlement de Paris : ce fut au *Mor.*
retour d'un voyage qu'il fit à Nôtre-Dame de
Lorette pour y accomplir un vœu de Loüis XIII.
que ce Monarque le nomma à l'Evêché de
Grenoble. *Mem. du t.*

si les Peuples de son Diocèse ve-
noient malheureusement à goûter
du poison que presque tous ses cir-
convoisins avoient avalé, [a] on
ne les vît courir en foule comme
l'Abadie [b] & tant d'autres ;
du Jansenisme au Calvinisme, fut
un des plus zélés d'entre les Evêques du Royaume à presser
l'exécution de ce qu'ils avoient
demandé avec instance à Innocent X. & un des premiers à

[a] *Recüeil de Lettres sur la condamnation des cinq Propositions, imprimé à Grenoble par le commandement de M. Scriven.*

[b] Jean l'Abadie ou Abadie qui après avoir été Religieux Prêtre pendant plus de vingt ans, donna dans le sistême de Jansenius, & se fit ensuite Calviniste, en disant que *du Jansenisme au Calvinisme il n'avoit pas eu grand chemin à faire.* * Il a composé plusieurs livres, entr'autres le traité de la verité de la Religion chrétienne ; il est mort en 1674. Il y a un autre Abadie Auteur d'une dissertation touchant l'établissement de la Religion chrétienne dans les Gaules, qui étoit Chanoine de Saint Gaudin de Comminges. *Biblioth. hist. de la France.*

* *Vid. dictionn. de Mor. édit. 1725.*

publier la Bulle que ce Souverain Pontife rendit à cette oc-
cafion.

M. le Camus ne voulut lui
ceder en rien pour celle de Clement XI. du 16. Juillet 1704.
à peine l'eut-il reçû, qu'il fit
un Mandement par lequel
après avoir dit que *le premier*
de fes devoirs eft d'accepter ladite
Conftitution avec tout le refpect,
l'obéïffance & la foumiffion qui lui
font duës ; il ordonne qu'en
confequence ellé fera lûë & pu-
bliée aux Prônes des Meffes Pa-
roiffiales de fon Diocèfe, & en-
fuite enregiftrées dans le Gref-
fe de fon Officialité, afin qu'on s'y
conforme dans les jugemens Ec-
cléfiaftiques ; & exigea que cha-
que Eglife lui produiroit un

certificat autentique qui l'af-
feureroit de la lecture qui y en
auroit été faite, comme elle le
fut en effet le XIXe. Diman-
che après la Pentecôte 1re.
Octobre 1705.

Après des témoignages fi au-
tentiques de la pureté de la
doctrine de M. le Camus, il
n'eft pas, je penfe, néceffaire
de dire qu'ayant appris qu'un
Profeffeur de fon Seminaire s'é-
toit propofé d'enfeigner la
Théologie de Juenin, [*a*] il
fit une forte défenfe de s'en
fervir; mais ce que je ne puis
taire, qui feul feroit plus que
fuffifant pour prouver fa délicateffe fur cet article, eft que

Mem.
mf. du
Prom.

[*a*] Inftitutions Théologiques du P. Juenin
condamnées depuis par Clement XI. & nombre
d'Evêques.

quoique la Morale de Grenoble [*a*] eût été compofée par
fon ordre ; qu'il lui eût donné
une ample approbation en for-
me de Lettre paftorale , avec
plufieurs Evêques & nombre
de Docteurs ; qu'elle fût mu-
nie d'une permiffion de l'In-
quifiteur général du Saint Office, & du Maître du Sacré Palais apoftolique ; qu'elle eût
été dédiée à Clement XI. par
un Ultramontain qui l'avoit Hift.
traduit en latin, & fait impri- litt. de
mer à Montefiafcone ; & qu'en- F.
fin le Pape même eût condamné les remarques [*b*] qu'un par-

[*a*] Théologie morale de Genet élevé au Seminaire de Saint Sulpice , mort nommé Evêque
de Vaifon en 1702.

[*b*] Remarques de J. Remonde fur la Théologie morale de Genet 2. vol. in 12. condamnées
par Innocent XI. & cenfurées par le Cardinal le
Camus dans fon Synode du 19. Avril 1679.

Mem.
du T.

ticulier avoit fait fur ce livre ;
cependant auffi-tôt que la feule
Faculté de Théologie de Louvain [*a*] l'eut rangée parmi
les livres fufpects à caufe du
rigorifme qui y eft affecté , ce
Prélat fubftitua à fa place dans
fon Seminaire, les Inftitutions
du Cardinal Tolet.

   On ne doit pas après cela
s'étonner , fi plufieurs Papes lui
ont donné tant de marques
éclatantes de leur eftime, entr'autres Innocent XI. devant
qui on avoit eu la malice de
l'accufer de quelques Propofitions hérétiques ; mais ayant
envoyé à Rome fa juftification,
par laquelle on vit clairement

Bib. J.

  [*a*] Jugement doctrinal de la Faculté de
Théologie de Louvain rendu le 10. Mars 1703.

                            que

que ce n'étoit qu'une pure ca-
lomnie qu'on lui impofoit, le
Souverain Pontife fenfible à
l'affront que l'on faifoit fi indi-
gnement à ce Prélat, & vou-
lant honorer folemnellement
fon innocence, ne fe contenta
pas de lui écrire un Bref plein
de loüanges, mais il lui envoya
le chapeau de Cardinal qu'il reçût le 2ᵉ. Septembre 1678.

C'eft donc à tort que des
gens mal intentionnés qui,
pour s'autorifer, & donner du
crédit à leur parti, empruntent
fouvent le nom des perfonnes
les plus refpectables, ont voulu
tirer avantage de celui de M. le
Cardinal le Camus.

J'ay crû, Meffieurs, qu'en
qualité d'Eccléfiaftique de fon

d

Clergé, je lui devois cette espèce d'apologie, qu'il convenoit de vous l'adresser & de la mettre à la tête du Discours que j'ay l'honneur de vous présenter ; afin que ceux qui se seroient malheureusement laissés surprendre & prévenir contre lui, étant instruits de la vérité, soient dissuadés de leur fausse prévention, & rendent justice à la pureté des sentimens de ce grand Prince de l'Eglise.

Je suis avec un respect infini,

MESSIEURS,

Vôtre très-humble &
très-obéïssant Serviteur,
GRAS DUVILLARD
Chanoine de St. André.

DISCOURS

SUR LA VIE ET SUR LA MORT
DE M. LE CARDINAL
LE CAMUS
ÉVÊQUE ET PRINCE
DE GRENOBLE.

Tu verò vigila, in omnibus labo-
ra, opus fac Evangelistæ, Minis-
terium tuum imple, sobrius esto.

Pour vous veillez, endurez toutes for-
tes de travaux, faites les fonctions
d'un Prédicateur de l'Evangile,
remplissez vôtre Ministére, soyez
temperant. 2. Timoth. 4.

AVANTAGES de la naissan-
ce, distinctions singuliéres ; postes élevés, richesses

A

abondantes, grandeurs humaines, fantômes que le siécle adore, convaincus icy de n'être que néant & vanité, vous n'entrerez pour rien dans ce Discours.

Vous même pourpre sacrée, dont tant d'autres tirent leur éclat, vous ne servirez point d'ornement à mon sujet.

Riches talens, faveurs signalées de la nature, grandeur & facilité de génie, justesse, solidité, pénétration, profondeur, étenduë, connoissances immenses qui avez rendu nôtre grand Cardinal l'admiration de toute l'Europe; vertus morales, beauté de mœurs, qualités aimables du cœur, politesse charmante, agrémens de la conversation qui avez fait de nôtre illustre Prélat les délices de tous ceux qui l'ont connu, vous m'embarrasseriez dans son éloge.

Qualités communes, vertus médiocres, je n'ay pas besoin de vous.

Ce que la piété chrêtienne renferme de plus saint, ce que la grace du Sacerdoce a de plus éminent, ce que le Ciel a de dons plus excellens, ce que le Père des lumiéres a jamais départi de plus grand, talent extraordinaire de la parole, don singulier de la persuasion, attraits infaillibles des cœurs, vigueur sacerdotale, fermeté à toute épreuve, vigilance continuelle, sollicitudes infinies, travaux immenses, charité brû-

lante & lumineuse, foi vive
& toûjours en action, humilité profonde, modération ex-
trème, œuvres cachées ; c'est
vous vertus brillantes qui for-
merez cette couronne de gloire
que je veux laisser sur le tombeau de l'illustre mort que nous
pleurons ; vous sur tout vertus
d'état qui fites son caractère,
vous fairez le fond de l'éloge
que je consacre à la mémoire
immortelle, & à la gloire éternelle de Monseigneur l'E-
minentissime Etienne le
Camus, Cardinal, Pres-
tre de la sainte Eglise
Romaine, Evesque et
Prince de Grénoble.

Qu'ai-je dit, Messieurs, que
j'allois célébrer les loüanges de

l'Evêque de Grenoble ? N'est-
ce pas cet homme au dessus des
loüanges , *vir laude major?* J'ay
dit que j'allois faire l'éloge du
Cardinal le Camus ; mais n'est-
il pas fait dès qu'on le nom-
me ? A ce grand nom les idées
les plus magnifiques ne se pré-
sentent-elles pas en foule ? A
ce nom si connu , qui est-ce
qui ne se répréfente pas une des
plus vives lumiéres de l'Eglise,
l'appui des Autels , le restau-
rateur de la Foi , le zélateur de
la discipline Eccléfiastique , le
soûtien de la piété , le défen-
feur de la verité , le protecteur
de l'Evangile , le marteau de
l'erreur , l'oracle des Evêques,
le maître des Docteurs , & le
Prophête de tout Ifraël ? A ce

Ecli. 43. 33.

nom si révéré qui est-ce, dis-
je, qui ne se représente pas un
saint Prêtre, un Pontife accom-
pli, un homme Apostolique,
un Elie par son zéle, un Moïse
par sa douceur, un Jérémie par
l'abondance de ses larmes, un
Daniel par l'ardeur de ses de-
sirs, un Onias par la ferveur
de ses priéres, un Jean-Baptiste par sa pénitence, un Augustin par ses lumiéres, un Jé-
rôme par son érudition, un
Ambroise par sa délicatesse, un
Chrisostome par son éloquence?

Quand donc j'aurai épuisé
mes foibles talents sur une matiére si heureuse, & si fécon-
de, aurai-je rempli vos idées?
A quoi vous attendiez-vous,
Messieurs,

Meſſieurs, en mettant en de ſi foibles mains un ſi grand ſujet ? Sur quoi comptiez-vous, en confiant à un Miniſtre peu inſtruit dans l'art de loüer, un ſujet ſi digne d'être traité par les plus excellens Maîtres? Vous comptiez ſans doute ſur mon cœur, & c'eſt auſſi toute ma reſſource. Ma langue parlez aujourd'hui par les mouvemens de ce cœur. Digne reconnoiſſance, noble & légitime paſſion, fourniſſez moi ces tours heureux, & ces vives expreſſions qui vous ſont propres.

Qu'eſt-ce donc qui m'arrête ici? Quel ſombre nuage s'empare tout à coup de mon eſprit? Quelle triſteſſe ſaiſit ici mon cœur? il ne me fournit plus que

B

des soupirs. Quand je pense que je vais célébrer des vertus éteintes, je ne trouve plus en moi ni paroles, ni sentimens. Je vais parler d'un grand Cardinal, d'un illustre Prélat, pour dire qu'il n'est plus. Il est donc mort le Cardinal le Camus; le voyant a donc disparu de dessus la terre; le flambeau d'Israël est donc éteint; l'oracle de la Loy a donc cessé. Eglise sainte, une de vos plus fermes colomnes vient de vous manquer. Epouse infortunée, un époux formé de la main du Ciel, vient de vous être enlevé. Illustre Clergé vous êtes sans chef. Vierges sacrées, vous n'avez plus de pére. Peuples fidéles, vous êtes sans Pasteur. Indigens opri-

més, hommes malheureux, où
eſt vôtre appui ? où eſt vôtre
conſolation ? où eſt vôtre protecteur ? non, je ne m'oppoſe
plus à vos juſtes douleurs, aban-
donnez-vous aux régrets, pouſ-
ſez des ſoupirs, que les voutes
de ce temple rérentiſſent de vos
cris. Peuples juſtement déſolés,
verſez des larmes ſans meſure,
Pleurez triſte Sion. Pleurez, &
ne quittez plus vos habits de
duëil, vôtre perte eſt irrépa-
rable ; c'eſt la voix publique.
Portes du ſanctuaire, briſez-
vous de douleur.

Mais que fais-je, Meſſieurs,
en me livrant ainſi à ma triſteſſe ? que fais-je en vous at-
tendriſſant ſur vôtre perte? ſuis-
je donc monté dans cette chai-

re pour ouvrir vos playes, &
les fources de vos larmes? je
viens vous inftruire, je viens
vous édifier, & fi je le puis, je
viens vous toûcher par le récit
d'une vie dont peut-être vous
n'avez pas fenti tout le mérite;
je viens vous appliquer à des
vertus qui, pour avoir été trop
près de vos yeux, n'ont peut-
être été aperçûës que confufé-
ment: je viens expofer au grand
jour des actions que l'humilité a
tenu jufques ici dans une profondeur impénétrable. Ecoutez donc Chrêtiens, avec des
dignes fentimens de piété, ce
que vôtre illuftre Prélat a fait
pour fe fanctifier. Humilité,
modération, pénitence: c'eft
ce que Saint Auguftin trouve

renfermé dans cette parole de mon texte, foyez temperant. Ecoutez Peuples fidéles, avec des fentimens de reconnoiffance, ce que vôtre grand Evêque a fait pour vôtre falut ; vigilance, follicitude, travail continuel.

Seigneur, qui l'aviez donné à l'Eglife Romaine, pour en être le modéle & l'ornement ; au Clergé de France, pour en être l'exemple & la gloire. Grand Dieu ! qui l'avez donnez à ce Diocèfe dans un tems de corruption & d'ignorance, pour en être la lumiére & le fel ; & au monde entier, pour être la régle de la folide piété : c'eft encore une partie de vôtre don, de me donner la grace

B iij

d'en parler dignement. Je manque à vos desseins, si je manque à mon sujet, ne le permettez pas, Seigneur Dieu de verité, devant qui, & de la part de qui je parle, éloignez de moi toute parole de mensonge & de flaterie.

PREMIERE PARTIE.

VOus le sçavez, Messieurs, & le bruit qu'a toûjours fait dans le monde le grand homme que je loüe, ne permet à personne de l'ignorer. Pourquoi donc vous le dissimulerai-je ? que l'Abbé le Camus ne donna pas ses premiers jours à la pieté, qu'il livra bien-tôt son cœur aux séductions d'un monde trop flateur pour lui :

pourquoi vous cacherai-je que dans la paix & les amuſemens, il les goûta : que tranſpirant de bonne heure dans la terre des plaiſirs, dans le ſéjour des voluptés, il ſe livra au milieu d'un peuple contagieux, & reſpira la vanité & l'ambition qui en exhaloit : qu'il ſe laiſſa prendre aux attraits d'une Cour, dont il étoit lui-même les charmes & les délices.

Ne vous répréſentez pas cependant, Meſſieurs, un jeune homme abandonné à toute la fougue & l'impetuoſité de ſes paſſions ; il leur mit un frein pour les modérer, les arrêter & les rapeller à ſon gré, & il ſçut toûjours réduire les paſſions, ſi non aux règles de la Reli-

gion, au moins à celles de la
raison. Ne vous imaginez pas
non plus que ce soit ici un libertin qui ne médite que la dé-
bauche, qui ne respire jour &
nuit que le plaisir, qui consu-
me toutes les heures dans les
voluptés: non, Messieurs, dans
le tems même de ses plaisirs &
de ses vaines joyes, l'Abbé le
Camus ne leur donnoit que
le reste de ses occupations
sérieuses. Dans les fonctions
d'Aumônier du Roy, pour les
bienséances de son état, au
milieu des engagemens qu'il
s'étoit fait, après tous les momens que les graces & les agrémens de son esprit lui coû-
toient, il trouvoit encore plusieurs heures tous les jours pour

ſes études, ou prenoit ſur la nuit ce qu'il leur avoit dérobé pendant le jour.

Grand Dieu ! que de merveilles reluiſent dans vôtre aimable Providence quand on en approfondit un peu la conduite ! dans l'homme de plaiſir vous vous menagiez dès lors un grand pénitent; de ſes premiers égaremens, où le torrent des mauvaiſes coûtumes l'entrainoit ; vous en ſcûtes tirer cet athlete qui a ſervi d'exemple au ſiécle qui l'a vû, & qui ſera l'admiration des âges qui le ſuivront. Vous l'aviez formé dans l'ordre de vôtre ſageſſe, pour être un jour une des plus brillantes lumiéres de vôtre Egliſe. Vous n'avez pas permis

que les apparences trompeuses
le seduisissent pour toûjours, ni
que les passions volages de la
concupiscence lui ayent fait
perdre le goût de la science Ec-
clésiastique.

Qu'attens-je, Messieurs, de
faire sortir ce soleil de ce som-
bre nüage? j'attens ce moment
heureux où le Père des miseri-
cordes le fera paroître lui-même. Quand viendra-t'il ce moment? je le vois vendu à ses
amis par la facilité de son naturel, lié à la Cour par un interêt délicat, engâgé au monde par reconnoissance, pris
avec lui-même par ses propres
amabilités. Tout lui rît, la for-
tune le cherche, la félicité le
suit, les agrémens de la vie

nâissent sous ses pas. Je le vois
au milieu des aplaudissemens
de la Cour, & des caresses de
son Roy, enivré de gloire, com-
blé d'honneur, prêt à monter
aux plus hautes dignités. O
mon Dieu ! faites un coup de
vôtre droite, signalez la puis-
sance de vôtre bras, brisez ces
liens de chair, rompez ces fu-
nestes engagemens, arrachez
ce captif de la main de ceux
qui sont plus forts que lui, ra-
menez à vous un homme que
tant d'objets trompeurs en éloi-
gnent, & qui peut être si utile
à vos desseins. O l'Abbé !

Nos vœux sont exaucés, Mess-
sieurs, Dieu parle au cœur de
l'Abbé le Camus, & il le con-
vertit; mais quelle conversion !

quel retour! ne fit-il que cou-
vrir le vieil homme du nouveau?
ne fit-il que mettre fur fes pe-
chés une couche d'hypocrifie?
ne fit-il que tranfporter fes paf-
fions du cœur dans l'efprit, ou
d'un objet à l'autre? voulut-il
encore être vû & admiré dans
un lieu où il n'avoit pas encore
édifié? prétendit-il encore aux
récompenfes de la vertu? non,
Meffieurs; jamais retour ne fut
plus fincére; jamais change-
ment ne fut plus entier; jamais
converfion ne fut mieux fou-
tenuë.

    L'Abbé le Camus renonça
dès lors aux efperances les plus
flateufes, & à tous les avantages du fiécle, Il retira pour jamais fon pié de l'iniquité

Il se cache, il s'enfonce, il se
perd dans une solitude qu'il
se bâtit lui-même, pour y
purifier son cœur des restes
de son iniquité, & son esprit
de toutes idées mondaines;
c'est là que nôtre jeune Abbé
appliqué à Dieu seul, retiré dans
le secret de la face du Seigneur,
ne cherche qu'à le connoître,
& ne lui demande que de l'aimer. Là, nôtre Solitaire assis
dans la poussiére, le doigt sur
la bouche, tâche de concevoir
quelque esperance de son salut.
Là, nôtre Pénitent mêle, comme David, son breuvage avec
ses larmes; mange son pain
comme la cendre; arrose toutes les nuits son lit de ses pleurs,
& joint à des études accablan-

tes, les exercices d'une rigoureufe pénitence.

Cette vie qu'il a détrempé
de tant d'amertumes, lui paroît trop douce ; il va chercher
la pénitence dans fa fource ; il
fe retire à la Trappe. Que ces
Saints Solitaires qui l'ont poffedé pendant quelques mois, &
qui l'auroient poffedé jufqu'à
la mort, s'ils n'avoient pas eu
plus d'égard aux befoins de l'E-
glife qu'à fes défirs, & à leurs
avantages, rompent le filence en ce jour, pour nous ra-
conter ce que leurs Pères leurs
ont appris de nôtre pieux Abbé;
qu'ils ne craignent pas de nous
dire qu'il étoit le premier & le
plus fervent à leurs auftères
exercices, qu'il fut l'objet de

l'admiration de leurs anciens.

Tels ont été, Messieurs, les commencemens de la conversion de l'Abbé le Camus. Il s'é-
toit condamné à un silence per-
petuel ; il avoit choisi pour sa
demeure éternelle Sion sa chére retraite, où il étoit retourné ;
mais Dieu qui l'avoit préparé
pour lui, même dans ses égaremens, Dieu qui tient en ses
mains le cœur des Rois, & qui
les tourne à ses desseins, inspi-
ra à nôtre grand Monarque
d'offrir à un homme alors inutile à l'Etat, ce qu'il n'avoit pas
pensé de donner à un Courti-
san assidu & cheri : effet sensi-
ble d'une misericorde dont nôtre Prélat n'a point perdu le
souvenir, & dont il nous a sou-

vent entretenu : ainsi le Seigneur qui l'avoit éloigné de l'Episcopat dans le tems qu'il le cherchoit, sans en examiner les devoirs & sans en craindre les dangers, le force d'y entrer lorsqu'il en sent tout le poids, & qu'il en redoute les obligations.

Je dis, Messieurs, qu'il le force d'y entrer, puisque il est assès connu que M. le Camus apporta toute sorte de résistance à son élevation, dans la crainte qu'elle ne fût pas conforme aux desseins de son Dieu ; combien de fois prît-il la liberté de lui répréfenter comme Jérémie, qu'il n'étoit pas propre aux redoutables fonctions d'un si saint Ministère?

tère? Dieu même ne fut-il pas
contraint de prendre un ton
d'autorité, & de lui dire comme à ce Prophête, vous irez
par tout où je vous enverrai :
ad omnia quæ mittam te ibis. *Jerem. 1;*
Combien de fois refifta-t'il à
Dieu comme Moïfe jufques à
le mettre en colere? qu'elles af-
furances ne demanda-t'il pas
comme Gédeon? combien de
fois remontra-t'il au Seigneur
qu'il avoit dit lui même par
fon Apôtre, qu'il falloit porter dans l'Epifcopat l'integri-
té de fes mœurs, que l'élévation ne convient pas au pécheur, que ce n'eft pas à celui
qui s'eft égaré, de redreffer les
autres, que la médiation n'eft
pas bien entre les mains d'un

C

homme qui est à peine reconcilié lui-même, que ses lévres étoient trop souillées pour annoncer ses justices : ne falut-il pas enfin l'arracher de la solitude comme Elie, & le trainer à l'Autel pour y recevoir la sainte onction ? on lui impose les mains, & toute la grace, tout l'esprit du Sacerdoce descend sur lui. On le consacre. Ah ! qui auroit pû voir ce qui se passoit alors dans son cœur, que de grands sentimens il y auroit découvert ! que de généreux desseins il y auroit vû ! il prit dans ce moment Saint Charles pour son modelle ; vous jugerez, Messieurs, s'il l'a exprimé par sa vie & par ses mœurs ; il se propose de

porter sur le thrône de l'Episcopat les austérités du Cloître
que ses rares talens lui avoient
fermé. Vous verrez s'il est de-
meuré au dessous de ses projets.

Si toute sa conduite ne ré-
pondoit de son humilité & de sa
droiture ; si toute sa vie ne di-
soit que ce n'étoit pas en lui un
rafinement de vanité, je ne
parlerois pas de ses défenses
sans cesse réiterées de ne jamais mêler les éloges d'un pécheur, tel qu'il se regardoit,
avec les loüanges d'un Dieu
saint : & vous ne les enten-
driez pas même aujourd'hui ces
éloges ; si vôtre reconnoissance
& vôtre édification ne vous
avoient contraints de faire violence à ses derniéres volontés.

Ces bas sentimens qu'il avoit
de lui-même n'ont pas été, ou
les fruits tardifs d'une vieillesse
expirante, ou les premiers feux
d'une conversion nouvelle; il
les a conçû avec l'esprit du salut, & les a porté au delà du
trépas. Toûjours il s'est consi-
deré comme le serviteur le plus
inutile de la Maison de Dieu,
& il ne cessoit de dire avec
un air d'humilité que l'hipocri-
sie n'imite pas; bien plus, il
s'est toûjours regardé comme
la cause des déreglemens & des
châtimens de son Peuple: &
c'étoit ici une principale cause de sa grande pénitence. Au
milieu des bonnes œuvres il a
operé son salut dans cette crainte, & avec ce tremblement

que l'Apôtre recommande aux
gens de bien. Il ne confia point
fa chafteté à fes bonnes inten-
tions, & à fon amour pour cette vertu. N'employer jamais de
femmes à fon fervice ; n'en lo-
ger jamais dans fon Palais ; ne
leur parler jamais en particulier que pour les affaires de leur
confcience ; ce furent des pré-
cautions que lui fit prendre la
défiance qu'il a toûjours eu de
lui-même.

Etre humbles dans les humi-
liations, ce n'eft pas une vertu
fi rare : méprifer des honneurs
que perfonne ne nous offre,
rien de plus commun ; mais
être indifferens aux loüanges
qui nous cherchent, être in-
fenfibles à la gloire qui nous

suit, c'est la perfection du chris-
tianisme, & c'étoit la disposi-
tion de nôtre pieux Prélat.
Vient-on à lui des differentes
contrées du monde chrétien,
comme au voyant d'Israël, il
instruit par la profondeur de
son sçavoir, il éclaire par la
netteté de ses idées, il con-
vaint par la force de ses rai-
sonnemens, il assujetit par le
poids de ses autorités : de tout
cela il ne retient pour lui que
la peine, & renvoie à Dieu
toute la gloire de ce qu'il a mis
en lui de lumiére.

On vient des extrémités de
la France & des Païs étrangers,
au trône du nouveau Salomon,
pour écouter les oracles de sa
sagesse : on vient reconnoître de

près si ce que la renommée a
publié au loin sur son sujet, est
veritable, & l'on trouve qu'elle
a suprimé une partie du vrai,
en faveur du vrai-semblable.
Vous, Messieurs, qui avez vû
venir vers vôtre Evêque tant
d'hommes distingués de differentes conditions. Vous qui n'i-
gnorez pas que tout ce qu'il y
a de plus grand dans l'Etat Ec-
clésiastique & dans le Cloître,
a emprunté ses lumiéres pour
la conduite des ames. Vous qui
devez sçavoir que le Souverain
Pontife n'eut rien de plus pres-   Clement
sé après son exaltation, que de   XI.
prendre les avis & les conseils
de nôtre grand Cardinal; avez-
vous sçû que cet homme, que
les autres Evêques regardoient

comme leur oracle & la règle
de l'Episcopat, avoit été lui-
même prendre des leçons au-
près de plusieurs de ses Con-
fréres ? avez-vous sçû que vôtre sçavant Evêque, dont les
sentimens passoient pour être
la règle de la verité, consulté de
toutes parts dans les questions
difficiles, appuyoit ses décisions,
plûtôt sur l'avis des autres, que
sur le sien ? j'en suis le témoin.
Vous êtes-vous apperçû que
vôtre Prélat aye tiré quelque
gloire de ces déferences, &
de ses distinctions singuliéres
qu'on avoit pour lui ? ah ! plûtôt cet Ange du Seigneur, comme celui de l'Apocalipse, se
prosternoit aux piés de ceux
qui le vouloient adorer. Cette
bouche

bouche éloquente rejettoit avec
horreur les sacrifices qu'on vouloit offrir à la supériorité de
son génie.

Si nôtre pieux Evêque a été
si reservé pour les honneurs,
combien a-t'il été moderé au
sujet des injures personnelles ?
que l'enfer se déchaine, que
le demon vomisse ses feux &
déploye toute sa rage contre
celui qui lui ravit sa proye, que
des enfans d'iniquité se revol-
tent & sèment de faux bruits
contre leur Père , que le monde se déclare contre l'homme
de Dieu , contre le fidèle ob-
servateur des points les plus
difficiles de la Loy , nôtre Prélat n'a pour ses ennemis que
des sentimens de tendresse ; il

D

ne répond que par des priéres
aux malédictions, il ne paye
les insultes que par les bienfaits: vous le sçavez, Messieurs,
& vous l'avez vû avec admiration, que le plus sûr moyen
de se faire un vrai ami du grand
Cardinal, étoit de se déclarer
son ennemi : quiconque avoit
eu l'insolence de l'outrager,
étoit assuré par là d'avoir mé-
rité une place distinguée dans
son cœur, & d'avoir acquis un
droit particulier sur ses bons
offices. Que le libertin & le
scandaleux épuisent toute leur
malignité pour se venger de
l'homme de Dieu qui les trou-
ble dans leurs désordres: l'hum-
ble Prélat, loin de nier ce qu'il
n'a point fait, se confond de-

vant Dieu, & devant les hommes de ce qu'il y a de vrai dans
les imputations ; en vain ses
amis veulent-ils le porter à la
vengeance sous des prétextes
d'équité ; en vain les Ministres
de la Justice embrassent avec
feu sa querelle, il blâme la colère des uns, & arrête le zéle
des autres ; en vain on lui op-
pose qu'il est l'oint du Seigneur
auquel la Loi, & toutes sortes
de droits défendent de toucher,
il ne voit en lui que l'ancien
pécheur, contre lequel toutes
les créatures ont droit de se
soûlever, & contre qui tout
l'Univers doit combattre.
Cet homme si doux envers
ses ennemis, combien fut-il
ouvert & accessible à tout le

monde ? fut-il de ces hommes
toûjours enfoncés , & envelo-
pés dans leur grandeur ? fut-il
de ces personnes qui mettent
toute leur dignité à se rendre
rares & invisibles , ou qui ne
se montrent jamais dépouillées
de leur gloire ? étoit-ce une de
ces divinités de la terre que l'on
aborde qu'avec des regards
long-tems médités ; à qui on
ne parle qu'avec crainte &
frayeur ? y eut-il d'autres bar-
riéres entre le Pasteur & le Peuple , que celles du respect & de
la discretion ? falût-il se consumer d'ennuis & de fatigues ,
pour trouver les momens favo-
rables du Prélat ? falût-il endu-
rer à la porte les outrages d'un
domestique insolent de la for-

tune de son Maître ? falût-il es-
suyer dans une antichambre les
lenteurs affectées des Grands ?
l'homme vain étoit-il rebuté
par la fierté de la réception ?
le pauvre étoit-il retenu par la
honte de sa misére & de sa nudité ? l'importun lui - même
avoit-il à craindre la mauvaise
humeur du Prélat ? son palais
& sa chambre étoient ouverts
à tout le monde. Un homme
si profondément & si sérieuse-
ment occupé, étoit un homme
de toutes les heures : un si grand
Evêque familiarisoit sa dignité
& sa personne avec ce qu'il y a
de plus vil parmi le peuple.
Loin de se montrer aux enfans
d'Israël environné d'une gloire
dont ils n'auroient pû supporter

l'éclat, ce sage Moïse ne vouloit être au milieu d'eux que
comme le plus doux & le plus
affable des hommes : sans se
consumer par un travail inutile, & au dessus de ses forces;
sans se reserver pour des fonctions plus importantes, cet
homme supérieur aux affaires
écoutoit tout le peuple comme
le conducteur d'Israël, & sans
autre secours que ceux qu'il
tiroit de lui-même, il mettoit
ordre à tout.

Que j'aime à le voir, Messieurs, dans ses pieuses fonctions
de l'Episcopat, dans ses Au-
diances de tous les jours : tout
m'éblouit; tout me charme, sa
profonde intelligence dans les
affaires les plus étrangéres à ses

études, la folidité de fes con-
feils, la juftefle de fes décifions.

Permettez moi, Meffieurs,
d'anticiper fur la derniére partie de mon Difcours, pour vous
le montrer dans le cours de fes
Vifites, au milieu d'une popu-
lace vile & infecte, écoûtant
les plaintes améres de l'un, en-
durant les récits ennuyeux de
l'autre, effuyant les larmes de
celui-ci, promettant fa protec-
tion & des fécours à celui-là. Il
reconcilie des inimitiés inve-
terées; il termine des differents
ruineux; il laiffe la joye & la
paix; je n'épargnerai pas vôtre délicateffe, il fe retire plein
de vermine.

Avoüez-le, Citoyens de cette noble Ville, vous contiez

qu'un homme d'une Famille
illustre, né dans l'oppulence,
nourri dans la délicatesse, soû-
tiendroit les priviléges & les
prérogatives de sa naissance
dans l'Episcopat; vous crûtes
qu'un Abbé de Cour en devoit
trainer tout le faste & toute la
pompe dans la Province. Quel
fut vôtre étonnement? quelle a
toûjours été vôtre surprise, lorsque vous avez vû la modestie
de sa personne, la frugalité de
sa table, la nudité de ses Palais, la simplicité de ses équi-
pages, ces meubles si com-
muns, cette vaisselle si vile?
Le dirons-nous, Messieurs?
& l'âge à venir le croira-t-il,
que l'œconomie de nôtre grand
Cardinal a été taxée d'épargne,

& sa frugalité interprétée d'a-
varice ? S'il y avoit ici de ces
téméraires qui ont osé blasphe-
mer contre le Pontife du Seigneur , qu'ils soient à jamais
confondus. Peuple ingrat &
rébelle , s'il a épargné , c'est
pour tes besoins ; s'il a dépouil-
lé ses Palais , c'est pour te vê-
tir ; s'il retranche tout super-
flu , c'est pour te nourrir ; ce
qu'il a ôté à la bienséance de
son rang , te fournit les néces-
sités de la vie. S'est-il habillé
de ta laine ? s'est-il nourri de
ton lait ? a-t'il mangé ta grais-
se ? il t'a servi à ses dépens , il
t'a entretenu de sa propre subs-
tance. S'il avoit nourri les yeux
d'un équipage brillant , d'un
spectacle prophane ; s'il avoit

consumé en de folles dépen-
ses ses revenus, tu n'aurois rien
dit ; il les met à tes usages, &
tu murmure.

Ne seroit-ce point qu'on
ignoroit l'emploi qu'il faisoit
de ses grands biens ? tout porte les traces de ses largesses ;
les vestiges de ses liberalités
sont imprimés par tout, & tout
homme en a pû être le témoin.
N'avez-vous pas vû disparoître
tout à coup sa vaisselle, & ce
qu'il avoit de meubles précieux, le prix porté en même
tems dans un de vos Hôpitaux?
ne l'avez-vous pas vû vous-
même dans les ruës, les mains
pleines d'argent, allant chercher le honteux qui se cache,
allant déterrer des nécessiteux

dans des espèces de sépulchres,
trouvant, au haut des Maisons,
des pauvres inconnus à ceux
qui habitoient sous le même
toit ? il n'a pas pris la trompette pour publier ses dons ; mais
au défaut de sa voix, l'édifi-
ce du Séminaire ne crioit-il pas
en sa faveur ? lorsque vous en-
triez dans ces Temples élevés
par ses soins, & que vous en-
tendiez ces pieux Ministres
chantans les loüanges du Seigneur, de la même bouche ne
publioient-ils pas les éloges de
leur Fondateur ? Pauvres, quand
vous vous voyez évangélifer
dans la Ville, ne sçaviez-vous
pas que c'étoit à ses dépens ?
êtes-vous si étrangers à ce qui
se passe autour de vous, pour

avoir ignoré que c'étoit lui qui
avoit ouvert la bouche de ces
Ouvriers qui travaillent dans
les Campagnes ? que c'étoit à
ses frais que le pain de la parole de Dieu étoit rompu à des
enfans qui l'avoient demandé
si long-tems sans que personne
le leur donnât ? les Ecclésiastiques qu'il entretenoit dans ses
Séminaires ne vous touchoient-
ils en rien ? hommes accablez
d'infirmités, lorsque dans les
Maisons de miséricorde vous
trouviez toutes sortes de secours
& de remèdes, ne vous a-t'on
jamais dit que nôtre Cardinal
y contribuoit plus que personne
ne ? nécessiteux, lorsque des
femmes de piété alloient jusques chez vous s'informer de

vos besoins & y pourvoir, ont-
elles manqué de vous dire que
c'étoit à vôtre Evêque que vous
en étiez obligez? indigens af-
famés, lorsque le pain venoit
vous chercher dans vos maisons, que ne vous informiez-
vous quelle étoit la charitable
main qui vous le distribuoit,
& vous sçauriez qu'il avoit mis
un fond de mille écus à cette
bonne œuvre?

Qui peut ignorer qu'il a employé des sommes immenses au
rachat des revenus de l'Evêché, à la réparation des maisons Episcopales & à des nouveaux édifices? Qui ne sçait que
M. de Grenoble a plus donné à
son Diocèse, qu'il n'en a retiré? puisqu'il conste qu'il a laissé

pour plus de quatre cens mille
livres d'œuvres subfistantes.
Que des loüanges , des benedictions & des reconnoissances
publiques rendent donc à sa
mémoire ce que la témérité de
quelques esprits mal faits a voulu lui ravir pendant sa vie.

Le croiriez-vous, Messieurs,
que ce Prélat qui étoit d'un
temperamment vif , & avoit
été nourri dans les délices , a
vécu vingt ans de légumes , de
pain & d'eau ; qu'il a fallu lui
ordonner comme à Timothée
d'user d'un peu de vin à cause
de ses fréquentes infirmités ;
qu'il ne s'est accordé qu'à la
derniére extrémité l'usage du
poisson ; qu'après une extrême
maladie & déja cassé de vieil-

leffe ; il a fallu des ordres pref-
fants du fouverain Pontife ,
pour fe relacher d'une loi d'abf-
tinence qu'il s'étoit propofé de
ne jamais abandonner ; qu'il
jeuhoit toute l'année ; qu'il n'a
jamais quitté ni la haire , ni le
cilice ; qu'il couchoit fur la pail-
le dans un trou de mur ; qu'il
dévançoit l'aurore en touſtems,
fe levant toûjours à deux heures du matin , commençant fa
journée par cinq heures de priéres & de méditations fans celles
du foir ; qu'il a prêché plufieurs
Carêmes dans l'obfervance la
plus rigoureufe de l'ancien jeune ; qu'après de longues courfes à pié & malgré les autres fatigues de fes vifites, il ne man-
geoit qu'après le foleil couché

les jours de jeûne de l'Eglise?

Où sommes-nous Messieurs? vous ai-je transporté sur les bords du Jourdain pour voir un Jean-Baptiste qui ne mange, ni ne boit? vous ai-je conduit dans les affreuses solitudes de la Thébaïde, pour y admirer un de ces fameux Martyrs de la pénitence? non, Messieurs, c'est dans ce siécle, ce sont ces derniers tems, ces jours si malheureux, si décriés d'avance par le grand Apôtre, qui nous ont produit un si grand exemple de mortification.

Où êtes-vous Jerôme, bouche éloquente, si exercée aux éloges de cette vraye vertu? vous auriez répandu ici à pleines mains les fleurs & les richesses

cheffes de vôtre art facré. Le
fujet n'eût pas été moins beau
que celui des Paule & des Euf-
tachie ; une plume vive & dif-
ferte l'auroit de même confacré
à l'immortalité.

Ici, Meffieurs, d'autres s'ar-
rêteroient, & les règles de l'art
fembleroient le demander :
après des traits fi brillants, que
dire encore des actions particuliéres de nôtre Prélat ? qu'y
ajoûter ? fon uniformité de vie;
mêmes exercices, mêmes fonctions, mêmes travaux, au même tems, aux mêmes jours,
aux mêmes momens, fans que
rien de facheux l'aye jamais dé-
rangé, fans ceder qu'à la né-
ceffité d'un mal confiderable ;
c'eft, à mon gré, un bel endroit

pour la sanctification d'un homme du naturel le plus ardent qu'on puisse se représenter. Passons à sa vie Episcopale, qui vous montrera ce qu'il a fait pour le salut des autres.

SECONDE PARTIE.

QU'est-ce que l'Episcopat, Messieurs? le sçavez-vous? c'est une fonction toute sainte, toute Divine; un Etat tout pour Dieu, tout pour l'Eglise, tout pour le prochain; un Ministère de soins & de sollicitudes; un office de travail & de peine; une charge pesante; un fardeau terrible aux Anges mêmes.

Qu'est-ce qu'un Evêque? c'est un homme chargé sur son

salut, de toutes les Ames qui
lui sont confiées ; un déposi-
taire de la Foi ; un gardien de
la Discipline ; un mur d'airain,
une colomne de fer ; un homme envoyé pour détruire, pour
arracher, pour planter, pour
édifier ; le Ministre de la parole ; un médiateur entre Dieu
& les hommes, un coopera-
teur de Jesus-Christ ; l'homme
de Dieu, le Père du peuple ;
un Pasteur ; un Chef, un Juge,
un Protecteur ; le modèle de
la perfection Evangelique : tel-
le est l'idée que le Saint Esprit
nous donne d'un Evêque ; tel
fut le caractère de celui que je
loüe. Vous le montrer tout entier ce grand Prélat ; ce n'est
pas sans doute à quoi vous vous

attendez aujourd'hui. Ebaucher quelques traits de ce long & illuftre Pontificat, c'eft tout ce que me permet la briéveté de ce Difcours, & que je vais faire fans art, en fuivant l'ordre que me préfentent les paroles de mon texte. Veillez.

Le premier objet de la vigilance des Pafteurs, c'eft la pureté de la foi; ils font les dépofitaires de ce précieux tréfor, ils en font les Juges naturels dans leur Diocèfe : Dieu les a établi fur les murs de la fainte Sion, pour ne rien laiffer paffer contre la verité, rien ne leur eft tant recommandé par le grand Apôtre, & c'eft à quoi M. de Grenoble a fignalé fa fidélité. Etoit-il de ces fantômes de Pasteurs, de ces idoles dont parle le Prophête; de ces chiens qui n'osent aboyer contre le mensonge? A peine étoit-il échapé à quelqu'un, que de la même bouche qui l'avoit souflé, il en failoit sortir la verité. En vain l'erreur voulut s'introduire dans son Diocèse sous le masque de la piété.* En vain les séductions de Satan s'étoient travesties en spiritualités éblouïssantes *; ces illusions n'échaperent pas aux yeux perçans de nôtre Prélat; cette dangereuse doctrine foudroyée quelque téms après par l'Eglise, reçût les premiers coups de sa main.

Demeurez fermes dans ce que vous avez appris, dit Saint

* Mir. de piété du P. Gerb.

* Moy. c. & fac. de faire l'Or. par Mde. Guyon.

Paul à tous les Evêques en la
personne de Timothée : ne laif-
fez introduire aucunes nou-
veautés : oppofez - vous à ces
doctrines qui portent fauffe-
ment le nom de fcience. Avec
quelle exactitude ce Prélat ne
mit-il pas en pratique l'avis du
grand Apôtre ? combien ne fut-
il pas foigneux à éloigner de
fon Diocèfe tout ce qui ne venoit pas du canal facré de la
tradition ? attentif, & des premiers à recevoir les Conftitu-
tions des fouverains Pontifes,
il fut affès heureux en joignant
fes Cenfures à l'autorité des Succeffeurs de faint Pierre, de prof-
crire le fanatifme de fon Diocèfe, & d'y contenir toutes fortes d'efprits.

Veiller, & tenir la main à l'obſervation des Canons dans toute l'étenduë de l'Egliſe, eſt un des principaux devoirs des Papes ; avoir le même ſoin chacun dans ſon Diocèſe, c'eſt une des principales obligations d'un Evêque. Monſieur de Grenoble ſcrupuleux obſervateur de la plus rude diſcipline des premiers tems, en faiſoit obſerver tout ce que la piété demande eſſentiellement.

Veiller ſur les mœurs de ſon Egliſe, s'appliquer à ramener les fidéles à la ſainteté du chriſtianiſme, & s'il ſe pouvoit, à la pureté des premiers ſiécles, c'eſt là le précis des devoirs d'un Evêque, & c'eſt à quoi le nôtre employa tout ce qu'il

avoit de zéle & de lumiéres.
Repréfentez-vous , Meffieurs,
ce tems malheureux, où l'ignorance & la corruption agiffant
de concert , laiffoient marcher
un chacun au gré de ses défirs ;
où le peuple eft fans loi ; & le
Prophête fans force & fans lumiére ; où la fuperftition eft éri-
gée en piété ; le culte de Dieu
reduit à quelques obfervan-
ces groffiéres ; où les Sacremens font difpenfez fans dif-
cernement & reçûs fans fruits.
Tel étoit , Meffieurs , à un
petit nombre près de vrais fidéles, & d'excellens Miniftres, la
face du Diocèfe de Grenoble,
lorfque la Providence y appel-
la l'Abbé le Camus. Il falloit,
Meffieurs, vous le comprenez,
un

un grand fond de fageffe, beaucoup d'étenduë de génie, un efprit de principe & de détail,
pour embraffer tant de béfoins
differens, pour établir des règles fûres, pour prendre des
mefures juftes, & des moyens
efficaces, pour appliquer des
remèdes convenables au tems,
& proportionnés aux efprits ; il
falloit un courage plus qu'hu-
main pour entreprendre un
bouleverfement fi général, &
pour ne pas fe rebuter des obf-
tacles qu'on prévoyoit. Il a fallu une fermeté invincible pour
ne pas ceder à toutes les diffi-
cultés qui s'élevoient de tous les
côtés. Cette fageffe, cet efprit,
cette fermeté de courage étoient
fon caractère ; cette entreprife

F

étoit son devoir ; ce renouvellement sera la recompense de
son zele.

Nôtre nouveau Prélat ap-
prend de loin les désordres de
son Diocèse; il s'informe de toutes les prophanations du Sanc-
tuaire ; poussé du même esprit,
& animé du même zéle qu'autres fois Judas Machabée, il dit
alors comme lui : allons purger
& renouveller le lieu Saint : *as-*
cendamus nunc mundare sancta &
renovare. Il vient, il voit de près
les désolations de son Eglise :
quel fut alors le serrement de
son cœur ! n'y a-t'il ici aucun
témoin du commencement de
son Episcopat pour nous l'apprendre? après la premiére douleur, son premier soin, comme

Mach.
5. 4. 36.

celui des zélateurs de l'ancien-
ne Réligion , fut d'établir des
Prêtres fans tâches , zélés ob-
fervateurs de la Loi de Dieu.
Vous l'avez pû comprendre,
Meffieurs , que la fource des
défordres de ce Diocèfe étoit
dans la vie & dans l'ignorance
des Prêtres. Le renouvellement
du Clergé qui devoit être fuivi
naturellement de celui du peuple , fut auffi dès lors , & a toûjours été depuis fa plus grande
follicitude.

Quelles peines ne s'eft-il pas
donné ? quel pieux ftratagême
la charité ne lui a-t'elle pas
fourni pour venir à bout de
cette grande entreprife ? vifites
continuelles , fynodes annuels,
avis fréquens, exhortations vi-

ves, inſtructions preſſantes, ordonnances rigoureuſes , cenſu-
res fortes , retraites à ſes frais ,
Séminaires établis de ſes propres deniers.

Rien n'échapoit à ſa vigilance, ni le vice, ni la vertu ;
ni l'humilité qui ſe cache , ni
l'hipocriſie qui ſe maſque :
quelle application à découvrir le
déreglementdesEccléſiaſtiques!
ſon œil toûjours veillant les ſui-
voit par tout , & les voyoit juſques dans ces obſcurités où l'iniquité s'envelope ; quelle habi-
leté à découvrir le loup ſous la
peau de l'agneau! que de mé-
naces ! que de coups pour l'é-
loigner , ou pour le faire ſortir
de la bergerie ! il en chaſſa cinquante d'un ſeul coup de ver-

ge. Quelle attention à fuivre
les démarches, & tout le fil de
la vie de ceux qu'il vouloit employer au miniſtère ! ſes yeux,
comme ceux du Prophête, ne regardoient ſur la terre que ceux
qui étoient vraiment fidéles.
Quel admirable diſcernement
pour mettre chacun à ſa place! il
peſoit les eſprits, il aprécioit les
talens, il ajuſtoit les humeurs,
il aſſortiſſoit les caractères.

Pour déraciner le vice, &
faire refleurir la piété parmi
le peuple, que ne fait-il
pas ? il enſeigne, il exhor-
te, il preſſe, il conjure, il engage, il perſuade, il ordonne,
il intimide. Paroiſſez, célébres
Ordonnances ſynodales, preuves éclatantes de ſa vigilance,

F iij

illuſtre monument de ſon zéle, témoignages authentiques de ſa charité, tréſor d'érudition, chef d'œuvre de ſa ſageſſe, paroiſſez & je me tairai. Loix antiques qu'il a fait revivre dans un tems de corruption & de libertinage, achevez ſon panégyrique. Que la face de ce Dioceſe renouvellée, que le culte de Dieu purifié des idées groſſiéres, que le ſervice de Dieu reſtauré avec honneur, que les Sacremens aujourd'hui diſpenſez avec lumiére & avec prudence, que les Peuples inſtruits par tout, & changés au moins dans les Campagnes, que la dignité du Sacerdoce relevée, que la piété remiſe dans le Clergé, que la régularité réentrée

& raffermie dans les Monaftè-
res foient à jamais fa gloire &
fa couronne.

Ce que M. de Grenoble femble avoir eu plus à cœur, a été
de faire refleurir la pénitence :
c'eft ici, Meffieurs, que fa charité prend toutes fortes de for-
mes : fon zéle s'allume comme
un feu, il inftruit, il interro-
ge, il s'affure par ferment de la
fidélité de fes Miniftres, il les
employe, il les affemble dans
toutes les grandes occafions;
& là il leur parle avec cette force & cette vehémence qui lui
font propres ; il les preffe par
le falut des ames qui leur font
confiées ; il les intimide par le
compte terrible qu'ils en ren-
dront un jour à Dieu ; il les

conjure par le prix du fang de Jefus-Chrift, dont il leur a commis la difpenfation. Ne vous repréfentez pas cependant un homme qui a voulu ramener la pénitence à fon origine, & à ces premiéres pratiques : il ne la portée jufques-là que pour lui-même, fe contentant de gémir à l'égard des autres avec l'Eglife, d'un relâchement que le malheur des tems avoit introduit, & que la moleffe des Chrêtiens entretenoit. Il n'exigea des Confeffeurs dans l'adminif-tration des Sacremens, que ce qu'exige Saint Charles ; il ne demande d'eux pour l'impofition des pénitences, que ce que leur demande le Concile de Trente, fous peine de fe ren-

dre participans des crimes. Vous
le sçavez, Messieurs, ses Ordonnances en font foi ; tout
ce qu'il y a de Ministres lui doivent ce témoignage ; sa prudence consommée dans le Ministère nous en répond, &
nous persuade qu'il a eu toûjours égard à la fragilité de la
nature, & que, comme le veu-
lent les Pères, il n'a jamais porté les choses au-delà des bor-
nes de la possibilité humaine.

Pour achever de vous don-
ner une idée de sa vigilance
pastorale, il faudroit vous parler de ce soin particulier qu'il
prenoit des Epouses de Jesus-
Christ, de ses visites annuelles,
de ses règlemens formés par la
sagesse, dictés par la charité,

de cette attention singuliére à
les remettre, ou à les soûtenir
dans l'esprit primitif de leur
Institut.

Si je parlois à d'autres qu'à
des témoins de sa conduite,
que n'aurois-je pas à dire de
son application à son domestique ? si sa vie étoit moins char-
gée de grandes actions, devrois-je passer si legérement sur
un aussi bel endroit ? devrois-je
vous dire simplement que jamais personne privée, que jamais homme désocupé, ne
veilla de plus près dans sa maison : que personne ne se donna
plus de soin pour n'avoir que
des domestiques & des officiers
craignans Dieu : que personne
n'eût plus de fermeté à n'en

point souffrir de déréglé : que personne ne prit plus de peine à les former, ou à les entretenir dans la piété. Travail assidu, exercices, priéres, table en commun, vous êtes les preuves de ce que j'avance.

Le croira-t'on, Messieurs, quand je le diray ? que sa sollicitude pastorale a été jusqu'à connoître les mœurs & les facultés de tous ses Diocesains ? que son attention est allée jusqu'à sçavoir le nom de presque toutes ses Brébis ? les secourir, s'en servir pour les besoins de son Diocèse, les employer selon leur capacité, étoit le but de sa vigilance.

Courons rapidement sur les travaux de son ministère. Qu'il

est mal-aisé, Messieurs, dans
une charge qui emporte égale-
ment les honneurs & les fatigues de ne point oublier l'un
pour l'autre ! qu'il est difficile
dans une place qui offre le repos & les agrémens de la vie,
mais qui engage au travail &
à la peine, de ne prendre point
parti pour les inclinations les
plus douces de la nature, contre les devoirs austéres de l'E-
tat ! Parcourons les années de
son Episcopat ; après toutes les
fonctions de sa charge, nous
y trouvons douze visites d'un
vaste & pénible Diocèse ; mais
quelles visites, Messieurs, c'é-
toit des visites toutes de peines
& de fatigues : c'étoit des vo-
yages toûjours commencés aux

jours marqués, & par confe-
quent au hazard du tems,
quelquefois continués dans des
grandes infirmités, ordinairement terminés par l'épuife-
ment, & afsès fouvent fuivis
de longues & dangereufes ma-
ladies : c'étoit des courfes dignes de celles du grand Apôtre, dans la faim, dans la foif,
parmi les glaces & les frimats,
toûjours expofé à toutes les bi-
zarreries de l'air, & fujet en
un même jour à toutes les extrémités des faifons.

Montagnes efcarpées, Ro-
chers dont la nature femble
avoir deffendu l'entrée aux hu-
mains, voyes impraticables,
chemins femés de cailloux,
affreux précipices, montrez-

vous à nous ? Voyons-le, Messieurs, ce grand Prélat, ce
grand, cet illustre Cardinal,
montant à pié, ou plûtôt grim-
pant les montagnes : quel pro-
dige! il approche de ces lieux
inaccessibles. Peuple qui étiez
assis dans les ténébres, dans
la région de l'ombre de la
mort, voici la lumiére qui s'a-
vance vers vous : venez au-de-
vant d'elle avec des cantiques
d'allegresse. Terre malheureuse
frappée d'une double stérilité,
voici un Ange tutélaire qui
vient à vous, avec toute sorte
de secours: Montagnes de Gel-
boé sur lesquelles ni la plûye,
ni la rosée de la parole n'étoient
jamais tombées, le Ciel s'avance pour vous, un torrent de

fageffe va vous inonder : venez
Pauvres alterés , venez boire ;
venez vous enivrer à cette
fource d'eau vive qui rejaillira
jufques à la vie éternelle.

Il arrive enfin dans ces trif-
tes lieux aux acclamations du
Peuple ; ne croyez pas , Meffieurs , que les provifions & les
commodités l'ayent précédé ,
ni que les rafraichiffemens l'at-
tendent dans ces lieux dépour-
vûs. Cet homme apoftolique ,
qui ne faifoit fa nourriture ,
que du bien des ames , en eft
auffi tout occupé. Ce grand Pénitent dans le fein de l'abondance , fe contentera aifément
de ce qu'une terre avare produit pour des hommes demi
fauvages , de ce qu'une nature

ingrate fournit à des Peuples disgraciés ; souvent même il s'en passera, & emportera sa faim dans une terre encore plus éloignée. Ne croyez pas, Messieurs, que ce digne Ouvrier passe à se délasser une partie du tems destiné au travail ; tout accablé de fatigues, à peine il respire, qu'on le voit au milieu de son Peuple dans l'Eglise, priant, parlant long-tems & avec force, administrant le Sacrement de la Confirmation, interrogeant, corrigeant, donnant tous les avis nécessaires.

Il part, Messieurs, avec la même rapidité, & les mêmes fatigues ; il parcourt toutes les montagnes qui, comme parle l'Ecriture,

l'Ecriture, semblent fondre
sous les pas de son ardente charité. Je l'apperçois, Messieurs,
au haut d'un mont, dans un
tems de pluye, revenant à nous.
Ciel! que vois-je? un visage
pâle & défait, une tête abbatuë,
des bras languissans, des ge-
noux qui manquent sous un
corps affoibli par le travail, at-
tenué par le jeune, consumé
par une fiévre ardente, il s'ab-
bat; le voilà étendu le long
d'une haye.

Anges du Ciel accourez à
un spectacle si nouveau. Nations les plus reculées, puissiez-
vous en être instruites. Pasteurs,
puissiez-vous en être toûchés;
& vous esprits entêtés, hommes prévenus contre l'Eglise

G

Catholique, que direz-vous à
ce récit ? manquons-nous aujourd'hui de Prélats extraordi-
naires ? & le nôtre n'a-t'il pas
rempli toutes les idées que donne Saint Paul de l'Epiſcopat, &
celles mêmes que vous vous êtes
forgées pour décrier nos Évê-
ques ? qu'on fait de plus grand
les Prélats de ces ſiécles que
vous ne nous vantés tant, que
pour calomnier ceux-ci ? que
nous apprennent de plus extraordinaire, des hommes apoſ-
toliques, les anciennes hiſtoi-
res ? que peut-on imaginer de
plus grand d'un Apôtre même ? vous l'avez vû de près,
vous l'avez obſervé, vous l'a-
vez admiré ; rendez-nous juſtice,

Le miniſtère de la parole eſt
la première fonction des Evêques. Ce devoir qui eſt ſuppléé
par tant d'Ouvriers que les Prélats employent à ce miniſtère,
le nôtre le remplit par lui-même ; mais avec quel zéle ? avec
quelles benedictions ?

Vos eſprits, Meſſieurs, ſont
encore imbus de ces grandes
connoiſſances qu'il vous a donné des ſaintes Ecritures, dans ces
ſçavans & pieux diſcours qu'il
vous a faits ſur les Pſeaumes.
Nouveaux convertis, & vous-
mêmes pauvres obſtinés, rendez aujourd'hui à la mémoire
de nôtre Prélat ce témoignage
que la vérité a ſi ſouvent arra-
ché de vôtre bouche ; que per-
ſonne n'étoit plus propre à per-

suader, & à faire aimer nôtre Religion, que M. de Grenoble.

En effet, Messieurs, dans ces doctes & profondes conférences qu'il a fait long-tems sur les matiéres de controverses, que son humilité nous a ravies, & qui sont peut-être ce qu'il y a de plus achevé sur ce sujet, la force & la sagesse, la science & la piété s'allioient dans sa bouche : sans donner pour la foi de l'Eglise, les superstitions des peuples, ou les opinions de quelques doctrines particuliéres, il ne faisoit rien perdre à la verité : & sans outrer nos dogmes, il leur laissoit toute leur force.

Dans quel endroit de son Diocèse cette trompette du

Ciel ne s'eſt-elle pas fait en-
tendre ? à qui eſt-ce que la voix
de ce bon Paſteur n'a pas été
connuë ? quelle eſt celle d'entre ſes brebis qui n'a pas com-
pris ſon langage ? cette bouche ingénieuſé a ſçû ſe diver-
ſifier , & ſe mettre toûjours à
la portée de tous ceux à qui il
prêchoit. Peuples de la Campagne : Habitans des rochers ,
combien de fois avez-vous été
ſurpris de la ſimplicité avec laquelle vous parloit un homme
de l'eſprit duquel vous aviez
entendu dire tant de prodiges ?
Et vous, Meſſieurs, n'avez-
vous pas toûjours admiré la
nobleſſe de ſes penſées , la
grandeur de ſes ſentimens , la
vivacité de ſes tours , la grace

de ſes expreſſions, la véhémence de ſon zéle, & les inſinuations de ſa charité.

Admirons-le encore aujourd'hui, Meſſieurs, tout mort qu'il eſt, cet incomparable Miniſtre de la parole. Interrompons nôtre douleur pour quelques momens. Répréſentons-nous le encore dans la chaire de verité. Rappellons dans nos Eſprits ce que nous nous diſions alors : jamais homme n'a parlé de la ſorte : *numquam ſic locutus eſt homo.* Jamais homme n'a mêlé tant de graces, avec autant d'authorité : jamais homme n'a allié tant de dignité avec tant d'attraits : jamais homme ne s'eſt exprimé avec tant d'éloquence & avec plus

Joan. 7.
46.

de diſcretion : *numquam ſic locutus eſt homo.*

Mais où m'emporte mon
zéle ? ſuis-je donc ici l'inter-
prête de tous les cœurs ? hommes ingrats qui dans une Ville
de ſon Diocèſe, vous ſcanda-
liſâtes de ſes prédications l'a-
voüerez-vous ? Enfans rébelles
& dénaturés qui voulûtes lui
ſuſciter des perſécutions à cau-
ſe de la verité, conviendrez-
vous de ce que j'avance ? il faut
le dire, Meſſieurs, & vous retracer la mémoire d'une action
odieuſe. Des enfans de Belial,
enfans ſans joug, déférent ſans
altération des propoſitions
qu'ils croyoient mauvaiſes. Il
manquoit cette pierre précieu-
ſe à la couronne de nôtre Pré-

*Quelques
perſonnes
à Cham-
bery.*

lat : il lui manquoit ce trait de conformité avec le Pasteur suprême. Qu'arrive-t'il ? on croit découvrir ses erreurs à Rome, & on y fait connoître ses vertus & son érudition. On s'imagine d'avoir envoyé les piéces de son Procès ; & le souverain Pontife y trouve par avance, celles de sa canonisation. On veut attirer sur lui les foudres du Vatican, & on lui merite la Pourpre Romaine.

Qu'a de commun la raillerie avec le ministère de la parole ? une raillerie qui a pour but, & quelquefois pour fruit, la correction des mœurs, la cessation de certains désordres, la reforme d'un exterieur immodeste & scandaleux, peut faire

partie

partie du miniſtère, & entrer
dans les devoirs du Miniſtre.
J'atteſte ici le fameux Tertu-
lien, dont la maxime eſt connuë de tout le monde. Je
prends à témoin de ce que j'a-
vance la conduite des Jerômes,
des Grégoire de Nazianze, &
tout ce qu'il y a eu de plus ſe-
vére parmi les Pères. Je ne ſe-
rois pas en peine de juſtifier nôtre grand Cardinal par l'exemple des Ecrivains ſacrés ; mais
qu'il ſoit échapé à une imagi-
nation auſſi prompte, à un eſprit auſſi vif quelques paroles
moins meſurées ; ces fautes
n'ont-elles pas été lavées dans
le torrent de ſes larmes ? n'ont-
elles pas été englouties dans
l'ocean de ſa charité ? n'étoit-

H

il pas utile, n'étoit-il pas né-
ceſſaire que Dieu laiſſât un
contre-poids à tant de vertus ?

Rempliſſez vôtre Miniſtère,
continuë Saint Paul. Qu'avez-
vous demandé des Evêques,
grand Apôtre, que celui-ci
n'ait fait ? vous les regardez
comme des médiateurs, entre
Dieu & les Peuples, qui doivent détourner les châtimens
dont ils font dignes, leur attirer les graces qu'ils ne meritent pas ; qui doivent porter
devant Dieu les péchés qu'ils
n'ont pas commis, faire pénitence pour ceux qui ne la font
pas. Vous voulez qu'ils s'affoi-
bliſſent avec les foibles, qu'ils
foient vivement touchez des
ſcandales & des déſordres : &

qui eft-ce qui en a été plus tou-
ché que celui que nous loüons?
fa douleur ne s'exprimoit pas
toute entiére par fa bouche éloquente, elle fe répandoit fur
fon extérieur.

Je léve le voile de fon fanc-
tuaire domeftique ; je le vois
dans fes heures de repos & de
filence offrant à Dieu des fa-
crifices de priéres & de larmes
pour les pécheurs. Vous l'avez
vû fouvent aux piés des Autels,
abbatu devant le Seigneur en
pofture de criminel ; c'eft là
qu'il traitoit avec Dieu de l'af-
faire de vôtre falut, qu'il ne
pouvoit fe promettre de termi-
ner avec vous ; c'eft là qu'il
moyennoit vôtre reconcilia-
tion : c'eft alors qu'il lioit les

mains à Dieu, & lui faisoit violence ; c'est là que Moïse se
mettoit entre vous & les traits
de la colère de Dieu, & qu'il
souhaitoit, comme Saint Paul,
d'être anathême pour vous.
Vous avez été témoins de cette ferveur toute extraordinaire
& toûjours nouvelle, qu'il ap-
portoit au saint sacrifice de la
Messe ; c'est là que s'unissant à
l'hostie sainte, il ne faisoit avec
elle qu'une même victime d'expiation ; c'est là que désirant
de mêler son sang avec son Re-
dempteur, il vouloit cooperer,
selon ses forces & ses merites,
à vôtre redemption. Vous voulez, grand Apôtre, qu'un Evêque corrige & reprenne en public les pécheurs scandaleux,

le nôtre ne l'a-t'il pas fait avec
éclat & contre toutes les règles
de la prudence humaine? Quelles idées avons-nous de l'Epifcopat que nôtre illuftre Prélat
n'ait pas remplies ? Vous croyez, Meffieurs, qu'un Pafteur,
en vûë du bien fpirituel de fes
brebis, peut & doit même
s'employer pour leur bien tem-
porel. Peuples qui m'écoutés:
Province de Dauphiné auriez-
vous déja perdu la mémoire des
fervices fignalés qu'il vous a
rendu ? fervices qui feront à
jamais un monument de fa
charité paftorale, & de la piété vrayement roïale de nôtre
grand Monarque.

Parcourez, Meffieurs, les livres faints: foüillez dans les an-

ciennes histoires de l'Eglise :
cherchez dans vôtre esprit
quelques autres devoirs du ministère sacré , & je les trouve-
rai dans la vie de nôtre pieux
Evêque. Ne se présente-t'il plus
rien ? Esprit Saint ! si vous aviez
à faire l'éloge du grand Prélat
que je loüe, vous diriez donc
de lui , ce que vous avez dit
d'un de plus grands & des plus
généreux Pontifes d'Israël : *Ipse*
est qui Sacerdotio functus est : il a
combatu comme un généreux
athlete selon toutes les règles
de la milice Divine ; il a fourni saintement sa carriére ; il est
mort pour le Ciel ; il ne se croit
plus nécessaire à la terre ; la
mort lui paroît un gain ; il n'at-
tend plus que la couronne de

1. Paro-
lip. c. 5.

juftice que lui doit donner le
jufte Juge ; il la demande avec
empreffement. Ah Seigneur !
ayez plus d'égard à fes béfoins,
qu'à fes défirs. Prolongez , ô
mon Dieu ! fût-ce aux dépens
des nôtres , des jours fi nécef-
faires à vôtre Peuple.

A peine nôtre illuftre Prélat eft-il forti d'une dangereufe
maladie , qu'il médite une vi-
fite dans fon Diocèfe. Priéres
de fes amis , larmes de fes do-
meftiques , interêts de fanté ,
raifons de la chair & du fang ,
vous-mêmes prétextes pieux,
vous ne l'arrêterez pas. Il répond qu'un Evêque doit mou-
rir les armes à la main & dans
l'exercice de fon miniftère. Il
ne craint rien tant que de n'ê-

tre pas digne d'une si sainte
mort. Il part pour ce fatal voyage. O malheur ! à peine est-
il arrivé, qu'il se sent percé des
premiers traits de la mort. On
le ramene ; déja son esprit &
son cœur sont loins de la terre.
Des cantiques d'alegresse au
souvenir de sa chére Patrie,
une joye singuliére, une tran-
quilité extraordinaire, un renouvellement de ferveur, un
redoublement de priéres dont
on s'aperçoit, en sont un pré-
sage à ceux qui le connoissent
plus particuliérement. Abre-
geons nos douleurs, Messieurs,
épargnons-nous des larmes en
coupant court sur ses derniers
momens. Muni des Sacremens
de l'Eglise qu'il a demandé avec

les plus grandes inſtances, qu'il
a reçû dans les ſentimens de
la plus éminente piété , dans
les plus ardens mouvemens de
ſa charité , il meurt. Cet homme , qui n'avoit pas ſon égal
dans l'Univers, entre dans la
voye de toute la terre. Eclatez
ici ma douleur ? ſanglots trop
long-tems retenus ; ſortez en
foule de mon cœur ? non , je
me ferai violence juſqu'à la fin.

Anges du Ciel dont il a imi-
té la vie de ſi près , venez à ſa
rencontre. Glorieuſe troupe
de Martyrs ne dédaignez pas
de mettre au nombre de vos
fréres un Prélat qui meurt victime de la pénitence & de la
charité. Saints Pontifes prépa-
rez à celui-ci une place hono-

rable parmi vos Ames fancti-
fiées dans fon miniftère, pré-
fentez-le à vôtre Dieu. Pauvres de Jefus-Chrift, amis du
Seigneur, qu'il a nourri ici bas,
introduifez-le dans les taberna-
cles éternels dont vous avez la
clef.

Et vous, ô mon Dieu! dont
les yeux perçans trouvent des
tâches jufques dans les Anges
mêmes, fi vous voyez encore
dans les réplis de cette Ame,
quelques-unes de ces fautes lé-
géres qui auroient pû échaper
aux regrets ; fi parmi tant de
bonnes œuvres, vous trouvez
encore des défauts qui font des
fuites de la fragilité humaine ;
fi un Prélat qui nous a paru
avoir rempli fon miniftère,

étoit mort coupable devant
vous de quelques-unes de ces
fautes d'omiſſion, pour leſ-
quelles il trembloit ſans ceſſe ;
ſi vous conſervez encore quelque ſouvenir des péchés de ſa
jeuneſſe ; ſi après une ſi longue
& ſi rigoureuſe pénitence, il
étoit encore redevable de quelque choſe à vôtre redoutable
Juſtice ; recevez, Seigneur, recevez pour le reſte de ſes pe-
chés, cette victime d'expiation
que nous vous offrons en ſa faveur. Noyez toutes ſes fautes
dans le ſang de l'Agneau qui
s'immole aujourd'hui pour lui.
C'eſt dans ce ſang, mon Dieu !
qu'il a toûjours mis ſa confiance, quoiqu'il ſemblât pouvoir
eſperer en quelque ſorte de

ses justices, qui étoient vos dons
& vos bienfaits.

Et nous, mes chers Audi-
teurs, après avoir conduit dans
le Ciel l'Ame de nôtre pieux
Prélat, revenons chercher sur
la terre ce qui nous reste de lui.
Il ne paroît plus ce grand Cardinal, l'abregé de la gloire humaine : il est donc mort. Toute cette gloire a passée comme
un ombre ; cette grandeur s'est
évanoüie comme un phantô-
me ; ses longües années se sont
écoulées comme un torrent ;
le bruit de son grand nom, si
ce n'étoit celui de ses vertus,
ne dureroit pas plus que le fre-
missement d'une trompette.
Où est, je vous prie, ce prodi-
ge de science? *ubi est litteratus?*

Isa. 33.

Qu'eſt donc devenu cet homme à qui nulle connoiſſance
humaine n'avoit échapé, la
merveille de ſon ſiécle? *ubi eſt* Cor. c. 1.
conquiſitor hujus ſæculi? il eſt célé 20.
pour le reſte des ſiécles ſous le
monument; ce grand eſprit eſt
retourné à celui qui l'a créé; ſon
corps eſt réentré dans ſa premiére pouſſiére; il eſt étendu ſur
les vers; il nage dans la pour-
riture: ainſi périſſent toutes les
vanités de la terre: ainſi ſe diſ-
ſout la vie humaine: ainſi finit
le grand comme le petit: ainſi
ferez-vous bien-tôt, vous tous
qui m'écoutez. Après cela, in-
ſenſés que nous ſommes, entê-
tons-nous encore de la vanité;
Pourſuivons toûjours des om-
bres qui nous échapent, atta-

chons-nous toûjours à ces biens
qui ne descendent pas avec nous
dans le tombeau ; aimons toûjours ce faste, cette pompe,
cette gloire mondaine qui va
se briser contre le cercueil: Ido-
lâtrons toûjours cette chair qui
va devenir bien-tôt comme la
poussiére de la terre. Non, Messieurs, non, instruisons-nous
aujourd'hui à ce tombeau de
nôtre grand Cardinal. Jamais
du haut de cette chaire il n'a
parlé plus éloquemment sur le
néant des choses humaines,
qu'il le fait en ce jour du fond
de ce triste monument.

Le Juste est mort : il n'a em-
porté que sa vertu dans la maison de son éternité : ses bonnes
œuvres seules l'ont suivi devant

Dieu à la faveur de sa Justice :
Sa mémoire ne périra jamais
de dessus la terre : il vivra éternellement dans le Ciel. Au jour
de la mort du Juste , pensons à
vivre de cette vie qui lui atti-
re ici bas nos éloges ; tandis
que la mémoire du pécheur
pourrit avec lui dans le tombeau. Au jour de la mort du
Juste , travaillons à vivre de
cette vie qui lui a merité sans
doute la gloire du Ciel ; tandis que celle de l'impie cou-
lée dans les plaisirs , est suivie
d'une éternité de suplices.

Mais que je crains que nous
ne soyons du nombre de ceux
dont parle le Prophête ; qui ne
réentrent point dans leur cœur
à la mort du juste : sa sainte

vie eſt paſſée devant vos yeux
comme une piéce de théatre
que d'autres ſpectacles font oublier : les grandes verités qu'il
vous a préchées par ſes exem-
ples & par ſes paroles, ſont déja effacées de vôtre ſouvenir.
Ah Capharnaum ! quel jugement ſur vous ! ſi Tyr & Si-
don avoient été témoins des
prodiges que vous avez vû,
ils ſe ſeroient convertis. S'il
eût fait dans Sodome & Go-
morrhe ce qu'il a fait au milieu de vous, ces malheureu-
ſes Villes ſubſiſteroient encore. Si les Ninivites euſſent entendu ſes vives exhortations,
& la pénitence elle-même prê-
cher la pénitence, ils l'auroient
faite dans la cendre & le cilice.
Ah

Ah Jerusalem! si vous aviez
sçû connoître le tems de vôtre
visite! mais maintenant tout
ceci est caché à vos yeux. Pour
nous, Messieurs, réentrons en
nous-mêmes. Peuple fidéle,
rappellez - vous tout ce qu'il
vous a enseigné par paroles &
par actions. Addressons-nous
avec confiance à nôtre pieux
Pontife : Il est maintenant dans
le Ciel, & il y a porté, comme Jérémie, toute la tendresse qu'il avoit pour nous. Il prie
continuellement pour nous. Il
nous obtiendra, je l'espere, de
travailler à nôtre sanctification;
afin qu'après avoir mené, comme lui, une vie sainte sur la
terre, nous puissions un jour
être réunis à lui dans l'Eterni-

té bien-heureuse , pour être
tous ensemble consommez dans
l'unité de Dieu. Ainsi soit-il.

F I N.

IN OBITUM

EMINENTISSIMI CARDINALIS

STEPHANI LE CAMUS,

EPISCOPI ET PRINCIPIS GRATIANOPOLITANI
SOLAMEN PIUM, MŒRENTIUM OVIUM.

DEPOSUIT vilem mundi gloriam,
Simul & gravantem corporis molem,
Exiit de terreftri carcere,
Sanctiffimi Paftoris animus.
Nunc verò Deo liber, & plenus
Ea vivit & radiat in Cœlis charitate,
Quâ in terris accenfus,
Gregem fibi creditum, per juftitiæ femitas,
    amanter duxit,
Solemni verbo veritatis, fublimi virtutum
    exemplo,
Sollicita & humili oratione,
Ufque in finem pavit, erudiit, cuftodivit,
Chrifto non hominibus placere ftudens,
Sub fancta difciplina coegit.
Cujus odor fuaviffimus, per univerfum fragans
    orbem,
Multorum corda, mundo, vitiis, auferens,
Virtutibus reftituit, Cœlo dicavit.
Præfulum forma, toti luxit ac profuit Ecclefiæ,
Proderit & in fæcula.
Ne lugeamus igitur, quafi fuper amiffum pa-
    rentem,
Quicumque alumni, fide vivimus,

I ij

Dux, præivit in Cœlum,
Unus cum Christo videt certamina;
Sereno & auxilianti vultu, fovet laborantes
Discipulis parat mansiones
In misericordiæ sinu positus,
Quas corde igneo, ore impari, virido eloquio,
Prædicavit Dei miserationes, & expertus est
Ipsas pro nobis assiduè deprecatur; & orat.
Hìc pœnitentiæ & laborum pro Christo, finis
 & præmium;
Hæc fideli dispensatori, æterna merces;
Militi corona gloriæ;
Hæc justo, in cælesti Patria sempiterna requies.
Congaudeamus, vestigiis inhæreamus, vacan-
 tem sequamur,
Eadem spe nixi, exules suspiremus;
Ut eadem tandem requie & hæreditate
Simul in Christo donemur.
 Amen.

Approbation des Docteurs.

NOus souffignés, avons lû avec attention deux Ouvrages manuscrits, l'un intitulé *Lettre aux Diocesains de l'Evêché de Grenoble*: l'autre, *Discours sur la vie & la mort de M. le Cardinal le Camus, Evêque & Prince de Grenoble*. Non seulement nous n'avons rien trouvé dans ces deux Ouvrages qui ne soit conforme à la plus saine Doctrine ; mais encore tout nous y a paru digne de l'attention du Public. La Lettre aux Diocesains de Grenoble renferme un précis édifiant de la vie du Cardinal le Camus, & les notes qui y sont semées à propos, sont aussi curieuses qu'elles prouvent l'érudition de l'Auteur. Dans le Discours, tout y est vif, noble & patétique, & l'on devoit ce digne tribut de loüanges à l'un des plus grands Prélats qui ayent jamais gouverné l'Eglise de Grenoble. Fait à Grenoble le vingt-six Janvier mil sept cens quarante-huit

BARATIER, Docteur en Théologie, Curé de Saint Laurent de Grenoble.

BONNE, Docteur en Théologie, Chanoine de l'Eglise Royale & Paroissiale de Saint Loüis de Grenoble, Official Vicegérent du Diocèse.

Approbation du R. P. J. L. Diday, Exprovincial & Gardien des Mineurs Conventuels de Grenoble.

JE soussigné Docteur & Professeur en Théologie, Exprovincial & Gardien des Mineurs Conventuels Saint François de la Ville de Grenoble, ay lû avec attention & une entiére satisfaction, un Ouvrage qui a pour titre : *Discours sur la vie & la mort de M. le Cardinal le Camus, Evêque & Prince de Grenoble*, à la tête duquel est une Lettre adressée aux Diocesains du même Evêché ; dans lequel Ouvrage je n'ay rien trouvé

que de très-ortodoxe, & qui ne
merite une attention très-particu-
liére du Public, par l'érudiction
dont il est rempli, & par le bien
qu'il y fera. A Grenoble le 29.
Janvier 1748. F. J. L. Diday, Exprovincial & Gardien.

---

*Approbation du R. P. J. B. Fahy,
Docteur & ancien Lecteur en Théologie, Père honoraire & Historio-
graphe de la Province de S^t. Bo-
naventure, & Supérieur des Réligieux de l'Observance de Grenoble.*

RIen n'étant plus capable d'exciter une pieuse émulation,
que l'exemple des grands Hommes qui nous ont précedés, selon
le témoignage du Prophête Isaïe
qui recommandoit aux Israélites
d'avoir toûjours devant les yeux
les vertus d'Abraham leur Père.
M. l'Abbé GRAS DUVILLARD, à
qui nous sommes rédévables des
actes de plusieurs Saints de l'E-
clise de Grenoble, redigés en

Legendes qui ont merité d'être inferées dans l'Office public du Diocèse & autres sçavantes récherches, nous présente pour nouveau modèle, le plan de conduite d'un des plus grands Prélats qui ayent occupé jusques ici le Siége de cette Eglise. Il le fait d'une maniére insinuante & instructive par sa Lettre préliminaire addressée aux Diocesains de l'Evêché de Grenoble, en laquelle, ainsi que dans le *Discours sur la vie & la mort de M. le Cardinal le Camus, Evêque & Prince de Grenoble*, qu'il a rendu très-digne de l'impreffion, je n'ay rien trouvé que de fort ortodoxe & de très-conforme aux bonnes mœurs ; en foy de quoi j'ay donné ma présente Approbation. A Grenoble ce 1er. Février 1748. F. J. B. Fahy, Docteur & ancien Lecteur en Théologie, Supérieur des Religieux de l'Obfervance.

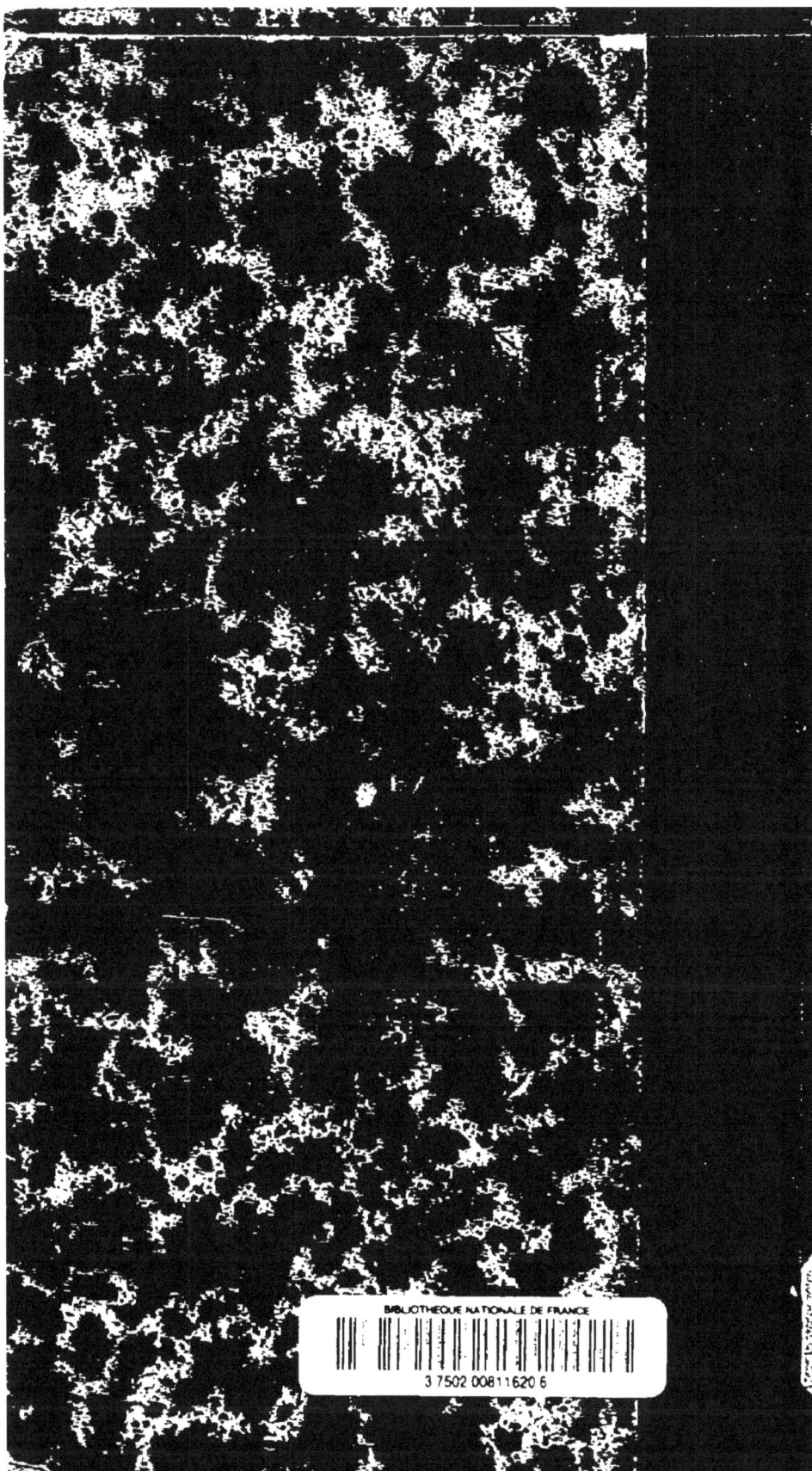

www.ingramcontent.com/pod-product-compliance
Lightning Source LLC
Chambersburg PA
CBHW051148260626
47170CB00005B/2017